粵語速成

初級教材

總主編 吳偉平　　編審 李兆麟

商務印書館

粵語速成（初級教材）

總 主 編：吳偉平

編　　審：李兆麟

審　　訂：香港中文大學雅禮中國語文研習所

責任編輯：毛永波

封面設計：張　毅

出　　版：商務印書館（香港）有限公司
　　　　　香港筲箕灣耀興道 3 號東滙廣場 8 樓
　　　　　http://www.commercialpress.com.hk

發　　行：香港聯合書刊物流有限公司
　　　　　香港新界荃灣德士古道 220–248 號荃灣工業中心 16 樓

印　　刷：美雅印刷製本有限公司
　　　　　九龍觀塘榮業街 6 號海濱工業大廈 4 樓 A 室

版　　次：2023 年 5 月第 1 版第 13 次印刷
　　　　　© 2010 商務印書館（香港）有限公司
　　　　　ISBN 978 962 07 1914 1
　　　　　Printed in Hong Kong

目　錄

語用為綱國際漢語教學系列教材

PREFACE 總序

The Yale-China Chinese Language Center (CLC) of The Chinese University of Hong Kong, founded in 1963, offers a variety of language training programs for students throughout the world who come to Hong Kong to learn Chinese. As a teaching unit of the University, CLC is responsible for teaching local students from Hong Kong who are learning Putonghua (Mandarin Chinese), and international students who are learning both Putonghua and Cantonese. Over the years, CLC has been playing a key role in three major areas in teaching Chinese as a Second Language (CSL): (1) Publication of teaching materials, (2) Teaching related research, and (3) Assessment tools that serve both the academic and the general public.

The Teaching Materials Project (TMP) aims to create and publish a series of teaching materials under the Pragmatic Framework, which reflects findings in sociolinguistic research and their applications in teaching CSL. Since most the learners are now motivated by the desire to use the language they learn in real life communication, a pragmatic approach in teaching and materials preparation is seen as a welcoming and much needed addition to the repertoire of CSL textbooks. The TMP covers the following categories of teaching materials in the CSL field:

Category I. Fast Course: Textbooks designed to meet the needs of many Putonghua or Cantonese learners of various language and culture backgrounds who prefer to take short courses due to various reasons.

Category II. Sector-specific Language Training Modules (SLTM): a modularized textbook geared towards the needs of learners in the same business (e.g. tourism) or professional (e.g. legal) sector.

Category III. Language in Communication: a set of multi-volume textbooks for Putonghua and Cantonese respectively, designed for the core program which serves the needs of full-time international students who are enrolled in our high-diploma Program in either Putonghua or Cantonese for a systematic approach to learning the language.

Characteristics of the textbook under each category above are explained, and special thanks expressed, under "Introduction and Acknowledgement" by the Editor(s) of each volume. As the TMP Leader and Series Editor of all volumes under the "CSL Teaching Materials Series", it's my privilege to launch and lead this project with the support of CLC teachers and staff. It also gives me great pleasure to work together with all editors and key members of the TMP team, as well as professionals from the Publishers, who are our great partners in the publication of the CSL Series.

Weiping M. Wu, Ph.D.

TMP Leader and Editor for the CSL Series

The Chinese University of Hong Kong

Shatin, Hong Kong SAR

INTRODUCTION 前言

　　《粵語速成》是為以普通話為母語的人士編寫的一套教材，教材共三冊，依程度分為初級、中級和高級。主要供大學在校學生和社會上業餘進修人士學習粵語使用，也可供內地來港人士或留學生使用。

　　本冊是初級教材，希望藉生活化的情景、實用的詞彙、生動的語段語篇和說話練習以及密集的語音練習，提高學生的粵語能力。本書十課包含學生經常討論的話題及親身接觸到的各種語境。本書中的一些課文專門針對在校學生，授課老師可根據情況，為業餘進修學習粵語的各種專業人士提供補充材料。內地優才到香港工作及學習，開始學習粵語，充分認識到熟識粵語將如虎添翼。隨着世界各國學生學習漢語的熱潮，越來越多外地／外籍人士深諳普通話，本書亦適用於這批能操流利普通話的外籍人士。

　　不帶有口音的標準發音是有效語言交流的基礎，本書詳盡介紹港式粵語語音，提供粵普語言對比。全書的發音練習針對學習的難點而設計。書中注音採用"耶魯拼音方案"，該方案源於耶魯大學，一直通用於西方粵語學界，也是香港的對外粵語教學較多採用的拼音方案。

教材編寫理念

　　語用為綱　儘管語言教學界目前已逐漸形成了一個共識：語言學習不只是單純掌握標準的語音、規範的詞彙和語法形式，其最終目標不是獲得語言知識，而是能夠運用這種語言交流信息、表達思想，完成社會生活中的各種交際任務。但是如何達到這一目標卻大有探索的空間，語言本體為綱的教材和教法在此總是顯得力有不逮。我們嘗試以“語境＋功能”的語用為綱，培養學習者根據語境使用得體語言的能力，並希望在教學大綱、教材製作、課堂活動以及語言測試中體現這一理念。具體到教材層面，我們通過設置“語境＋功能”的語用範例呈現語言材料，讓學生學習和操練；通過設計“語境＋功能”的練習，使學生運用所學內容並產出言語，完成仿真的交際任務。教材依然提供相關的語言知識，學生通過學習漢語拼音，觀察粵普語言要素的不同對比，歸納語言規律，加強難點訓練，以期收到舉一反三、事半功倍之效。只要我們始終不忘記最終的教學目標是培養語言運用的能力，語言知識就能更好地為目的服務。

口語為本　學習者的學習目的應是製作教材的依據。學習粵語的目的因人而異：有人為獲取信息、方便工作、旅遊；有人為考試、拿學分、搶文憑；為興趣的也不乏其人。但多數還是希望能通過學習具備粵語口語表達能力。教材中的課文，無論是對話還是短文，都採用口語語體。説話練習也集中在強化語音訓練和在一定的語境裏説話。

教材內容　本系列教材內容涉及日常生活、社會生活和公開場合演講及説話技巧，話題由淺入深，包含了多種語言功能，如介紹、查詢、提供信息、描述、説明、批評、投訴、比較、建議等等。中高級教材還設有專門的單元針對語言功能進行練習。

每冊教材共十課，每課由如下部分組成：

一、課文　以話題為中心，每課有一篇文章式對話，為學生提供常用的情景語言。　　　　每課課文的文字都配有粵語（耶魯）拼音，文字與拼音分開兩邊排列，　　　　方便對照，也可以減少二者之間的干擾，或是過於依賴的情況。初級教　　　　材課文還配有粵語普通話對譯，便於粵普對比。

二、詞語　介紹常用生字。列出課文中出現的難點詞語，主要針對語音難點或粵普　　　　詞彙差異進行強化訓練。初級教材詞語表配有英文釋義，可供學習者參　　　　考。

三、句子　包括短語及句子練習（初級）、句型及語段練習（中級）、話題框架及語　　　　篇練習（高級）。

四、語音練習　針對以普通話為母語的學習者的發音難點進行練習。

五、情景説話練習　　學生分成小組進行練習。這些説話練習全都模擬真實生活環
　　　　　　　　　　　境，既實用又需要學生創造性的運用粵語。老師亦可按實際
　　　　　　　　　　　情況需要組織其他的活動。例如初級第四課：

情景説話練習：

"嘺日禮拜日，你去行街，想買一份生日禮物，但係，最後都冇買到。而
家，請你話俾你嘅同學聽，點解冇買到，喺嗰間舖頭發生乜嘢事。"

　　初級教材的編寫目的在於提供極為實用的情景語言，使學生可以馬上運用到生活
中。教材內容包括取材自日常生活的對話，常用詞及附加詞彙。每課均有句子或篇章
練習、語音練習及情景對話練習，使學生們不但對粵語有基本了解，同時給予學生足
夠語音訓練及説話練習，學生亦能把所學所練運用到日常生活中，加強溝通能力。教
材內容已製成光盤，學生可在備課及溫習時反覆聆聽。

教材特點

　　強調語境和語言功能　　教材各課圍繞話題、聯繫語境。每課各項環節努力將強化
語音和培養説話能力這兩種訓練結合在一起。各種功能按照難易程度分佈在初級、中
級和高級三冊。初級教材雖沒有像中、高級那樣將功能單列出來加以突出，但依據情
景的需要包括了介紹、推薦、查詢、描述、説明等不同的功能項。

　　針對普通話人士的學習難點　　教材編寫者都是熟悉普通話並在教授粵語方面有豐富
經驗的資深教師，在教材的編寫過程中有意識地針對語音、詞語運用和表達方式的差異
進行對比、強化。

　　編寫配置形式多樣的練習　　練習的部分絕不是教材裏可有可無的部分，而是達至
教學目標的重要階梯。練甚麼、怎麼練也是決定學習效果的關鍵。本教材重視練習的
編寫，通過難點複習，鞏固學習效果。語音練習儘量配合話題，減少孤立的操練。除
語音外還有針對詞語、説話的多種形式練習。

　　側重實用、強化口語訓練　　課文和説話練習儘量選取貼近現實生活的語境。詞彙
和表達方式的選取以實用為準則。説話訓練從第一課就開始，並貫穿全書。

定立明確階段目標、循序漸進提高說話能力　全書三冊階段目標明確，從短語、句子訓練，到句型、語段訓練，再到篇章結構訓練，在提高學習者的語音準確度的同時，逐步加強成句、成段、成章的能力，增進說話的持續能力，提高流利度。

　　本教材是香港中文大學雅禮中國語文研習所"教材開發項目"的成果之一（見總序）。謹在此感謝項目負責人吳偉平博士在教材體系和編寫理念方面的宏觀指導以及在全書目錄、語言功能和相關語境方面所提出的具體意見。作為本書編審，本人在修訂和編寫過程中從教材組多位主要參與者，特別是朱小密、陳凡、王浩勃等同事的討論中得益良多。全書所有的課文和練習，包括內容和具體安排等，都經研習所教師多次開會討論並提出修訂意見。藉此感謝各課的主編老師：陳小萍老師（第一、二課）、鄧麗絲老師（第三、四課）、梁振邦老師（第五、六課）、歐陽燕兒老師（第七、八課）、李兆麟老師（第九課）、譚飛燕老師（第十課）。多位老師（陳京英老師、陳凡老師、羅秀華老師、陳智樑老師、沈敏瑜老師、陳泳因老師、張冠雄老師、尹嘉敏老師、李燕萍老師）協助錄音及修訂工作，麥雪芝女士主管的辦公室提供了大量的後勤支援，謹在此一併鳴謝。

李兆麟

中國語文研習所廣東話組組長

二〇一〇年六月

粵語語音

一個粵語音節可以由聲母、韻母、聲調三個部分組成，其中韻母和聲調為必須，聲母並非必須。下面分述這三個部分，並就粵、普的語音特徵進行比較。

1 聲母

位於音節之首的輔音叫做聲母，粵語一共有十九個（見表一）。

表一 粵語聲母總表

類別	聲母	耶魯拼音示例	例字
送氣聲母	p	pa	怕
	t	taai	太
	k	kai	契
	ch	chai	砌
	kw	kwan	困
不送氣聲母	b	ba	霸
	d	daam	擔
	g	ga	假
	j	ja	炸
	gw	gwai	貴
鼻音	m	ma	媽
	n	nāu*	撓
	ng	nga	亞
擦音	f	fa	化
	l	la	喇
	h	haam	喊
	s	saan	傘
半元音	y	yi	意
	w	wu	惡

*「ˉ」是調號，調值相當於普通話的第一聲。粵語聲調將在下文詳述。

大部份粵語聲母的發音與普通話相同，但個別聲母的發音方式有細微差別：

1. 粵語聲母 gw 及 kw 是圓唇化聲母，發音大致相當於普通話中的 gu 及 ku；其中的 w 是表示圓唇的符號，屬聲母部分，不是元音，也不是介音。

2. 粵語聲母 w 及 y 屬半元音，發音時略帶摩擦。普通話的 w 及 y 屬元音，沒有摩擦成份。

3. 粵語聲母 h 是喉部清擦音，發音部位較後。普通話聲母 h 屬舌根清擦音，發音部位較前。

4. 粵語 j、ch、s 聲母是舌葉音，而普通話的 j、q、x 是舌面音。它們在音節中出現的位置也不一樣，普通話的 j、q、x 只出現在 i、ü 元音前，粵語的 j、ch、s 也可出現在其他元音之前。

另外，普通話里的某些聲母是粵語所沒有的：

1. 粵語沒有捲舌音（r、zh、ch、sh）

2. 粵語沒有舌尖前音（z、c、s）。

粵普聲母的區別還有：

1. 粵語有鼻音聲母 ng；普通話的 ng 不能作聲母，只能作韻尾。

2. 粵語的兩個輔音 m 和 ng 可獨立構成音節（也稱鼻音韻母）；在普通話中不能。

2　韻母

一個音節除去聲母以外的部分就是韻母。韻母位於聲母之後。粵語有五十一個韻母，包括單元音、複元音及帶輔音韻尾的韻母（見表二）。

大部分粵語的元音與普通話元音的發音很相似，但當中有一些重要區別：

1. ai、au、am、an、ang 中的短元音 a 與普通話的 e 近似，a 的開口度大些，但比長元音的 a 小。

2. 粵語中的 e 和普通話的 e 寫法一樣，但發音方式有很大分別。粵語的 e 開口度較大，發音位置也更靠前。相應地，粵語和普通話中的 eng 韻母發音也有明顯差別。

表二 粵語韻母總表

長	短	長	短	長	短	長	短	長	短	長	短	長
a		e		eu		i		o		u		yu
aai	ai		ei		eui			oi		ui		
aau	au					iu			ou			
aam	am					im						
aan	an				eun	in		on		un		yun
aang	ang	eng		eung			ing	ong			ung	
aap	ap					ip						
aat	at				eut	it		ot		ut		yut
aak	ak	ek		euk			ik	ok			uk	

　　3. 粵語中以 i 為主要元音的一組韻母有長短之分：i, iu, im, in, ip, it 中的 i 是長元音，發音與普通話的 i 基本相同；ing 和 ik 是短元音，開口度比長元音 i 稍大。相應地，粵語中的 ing 和普通話中的 ing 發音也有所差別。

　　4. 粵語中的 o 比普通話的 o 開口度大。以 o 為主要元音的 oi, on, ong 這些韻母的發音，是普通話沒有的。

　　5. 粵語 u 的開口度較普通話大且發音較短促。粵語 ung 的發音普通話也有，但由於粵普兩種拼音方案的差異，該韻母的發音在漢語拼音中記作 ong。

　　6. 粵語的 ui、un 與普通話的 ui（實際發音為 uei）、un（實際發音為 uen）發音不一樣。

　　7. 粵語有 eu 元音，特徵是圓唇、舌位不高不低、發音位置靠前。粵語中以 eu 為主要元音的一組韻母 eu、eun、eui、eung，普通話沒有。

　　粵語韻母方面的其他顯著特點還有：

　　8. 普通話有介音（韻頭），粵語沒有。

　　9. 粵語有以 -m 收音的閉口韻尾，普通話沒有。粵語絕大部份以 -m 收音的閉口韻尾字，在普通話中都是 -n 韻尾的字。

　　10. 粵語有入聲字，即以 -p、-t、-k 作塞音韻尾的字，普通話沒有。

11. 粵語有 m、ng 兩個鼻音韻母，普通話沒有。如「聲母」一節所述，m 和 ng 可獨立構成音節，如 m̀（「唔」）、ńgh（「五」）。

12. 粵語有長、短韻腹之分。韻腹是一個音節的主要元音，位於元音韻尾或輔音韻尾之前。表三列出了全部長、短元音在韻母中的分佈。

表三 粵語長短元音及示例

韻母類別		韻母	例字	
a	長	a	a	阿
		aai	daai	帶
		aau	gaau	教
		aam	chaam	杉
		aan	daan	誕
		aang	chaang	撐
		aap	aap	鴨
		aat	baat	八
		aak	baak	百
	短	ai	bai	閉
		au	gau	夠
		am	sam	滲
		an	fan	訓
		ang	dang	凳
		ap	gap	鴿
		at	māt*	乜
		ak	dāk	得
e	長	e	je	借
		eng	leng	靚
		ek	tek	踢
	短	ei	sei	四

* 本表部分例字有調號「ˉ」，調值相當於普通話的第一聲。粵語聲調將在下文詳述。

韻母類別		韻母	例字	
eu	長	eu	geu	鋸
		eung	heung	向
		euk	jeuk	着
	短	eui	heui	去
		eun	seun	信
		eut	chēut	出
i	長	i	ji	至
		iu	giu	叫
		im	jim	佔
		in	gin	見
		ip	gip	劫
		it	jit	節
	短	ing	sing	姓
		ik	bik	壁
o	長	o	bo	播
		oi	oi	愛
		on	hon	看
		ong	dong	當
		ot	hot	渴
		ok	gwok	國
	短	ou	chou	醋
u	長	u	fu	褲
		ui	bui	背
		un	bun	半
		ut	fut	闊
	短	ung	tung	痛
		uk	juk	捉
yu	長	yu	syu	恕
		yun	yun	怨
		yut	hyut	血

3 聲調

傳統上認為粵語有九個聲調。其中第一、三、六聲（見表四）分別與第七、八、九聲調值相當，不同處僅在於前三者用於非入聲字，而後三者用於入聲字。故為了實用和教學方便，九個調也可簡化為六個。本書採用六聲調方案。這些聲調有幾套名稱，粵音聲調的名稱及調值見表四和表五。

表四 粵語各聲調名稱對照

第一聲	第二聲	第三聲	第四聲	第五聲	第六聲
陰平	陰上	陰去	陽平	陽上	陽去
高平 *	高升	中平	低降	低升	低平
(high-level)	(high-rising)	(middle-level)	(low-falling)	(low-rising)	(low-level)

* 粵語的陰平調允許兩種調型，一是高平（調值為 5 → 5），二是高降（調值為 5 → 3），本書一律採用高平調。

表五 粵語調值示意圖

聲調	高平調	高升調	中平調	低降調	低升調	低平調
調值	5 → 5	3 → 5	3 → 3	2 → 1	1 → 3	2 → 2

粵語有六個基本聲調，普通話只有四個，它們的調值比較如下：

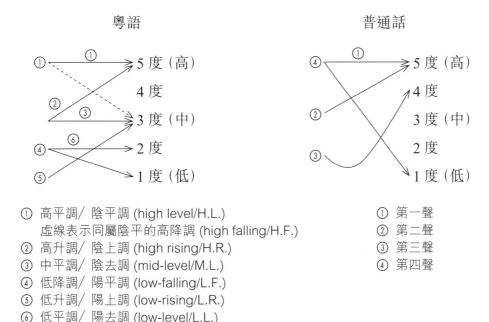

① 高平調／陰平調 (high level/H.L.)
　　虛線表示同屬陰平的高降調 (high falling/H.F.)
② 高升調／陰上調 (high rising/H.R.)
③ 中平調／陰去調 (mid-level/M.L.)
④ 低降調／陽平調 (low-falling/L.F.)
⑤ 低升調／陽上調 (low-rising/L.R.)
⑥ 低平調／陽去調 (low-level/L.L.)

① 第一聲
② 第二聲
③ 第三聲
④ 第四聲

關於上圖的說明如下：

1. 粵語的高平調與普通話的第一聲相同。

2. 粵語的高升調與普通話的第二聲相同。

3. 粵語的低降調與普通話的第三聲（半上）近似。

4. 粵語的其他幾個調——中平調、低升調、低平調——在普通話中沒有相近的調值。

5. 粵語入聲字的聲調只有高平調、中平調及低平調。

　　和普通話一樣，粵語也有變調的情況，但粵語變調的情況比普通話更多，更普遍，藉此表達語音、語法、詞法三方面的特殊作用。粵語的變調，由中平調、低降調、低升調、低平調變作高平調或高升調都有，尤以變作高升調為多。以「人」字為例，yàhn 是本音；在「男人」中讀 yán，是變調，便於發音，使發音清晰悅耳；在「一個人」中讀 yān，是變調，增加新義，意即「孤單一人」。

4 粵音耶魯拼寫法

本書採用耶魯拼音系統，下例展示了一個完整的粵語音節：

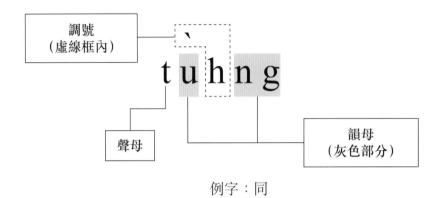

例字：同

耶魯方案的聲調書寫方法遵循以下原則：

1.「ˉ」表示陰平 / 高平，「ˊ」表示升調，「ˋ」表示降調。

2. 上述調號（如有）位於第一個元音或鼻音韻母 (m, ng) 之上。

3. 陰去 / 中平調無需標注調號。

4. 韻母中的「h」是調號，代表陽調；如果韻母中沒有「h」，則為陰調。

5. 作為調號的「h」位於韻母中首個非元音字母之前；如果韻母中沒有非元音字母，則「h」位於音節末尾。

示例如表六。

表六 粵語六聲的耶魯拼音標注及字例

		陰平	陰上	陰去	陽平	陽上	陽去
例一： 單元音	羅馬拼音	sī	sí	si	sìh	síh	sih
	例字	詩	史	試	時	市	是
例二： 鼻音尾韻母	羅馬拼音	sēung	séung	seung	sèuhng	séuhng	seuhng
	例字	箱	想	相	常	上	尚
例三： 塞音尾韻母	羅馬拼音	jūk		juk			juhk
	例字	築		捉			族

5 總結

綜上所述，粵語和普通話在語音上的異同歸納如表七。

表七 粵、普語音比較

項目	粵語	普通話
聲母	19 個	21 個
韻母	51 個 *	36 個
基本音節	627 個	403 個
捲舌音	無	有
以 ng 開頭	有	無
以 m 結尾	有	無
介音	無	有
入聲	有	無
兒化	無	有
聲調	6 個	4 個
變調	有	有
輕聲	無	有

* 如加上鼻音韻母 m 和 ng，則共有 53 個韻母。

總的來説，粵語的語音系統比普通話複雜，普通話人士在學習粵語時必須加以注意及多多練習。

The Organs of Speech

發 音 器 官 圖

Faat Yām Heigūn Tóuh

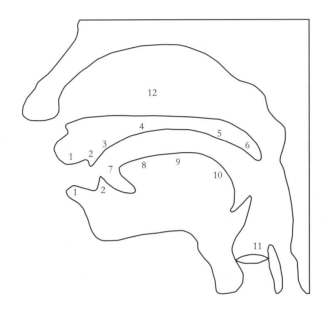

1.	Upper lip & Lower lip	上下唇	seuhng hah sèuhn
2.	Upper teeth & Lower teeth	上下齒	seuhng hah chí
3.	Alveolar ridge	齒齦	chí ngàhn
4.	Hard palate	硬腭	ngaahng ngohk
5.	Soft palate (velum)	軟腭	yúhn ngohk
6.	Uvula	小舌	síusi(h)t
7.	Tip of tongue	舌尖	si(h)t jīm
8.	Front of tongue	舌面（前）	si(h)t mín (chìhn)
9.	Back of tongue	舌面（後）	si(h)t mín (hauh)
10.	Root of tongue	舌根	si(h)t gān
11.	Vocal cords	聲帶	sīng dáai
12.	Nasal cavity	鼻腔	beih hōng

介紹自己

1 課文

耶魯拼音	廣東話	普通話
Gāmyaht haih Jí-Mìhng, Bóu-Jān, Méih-méih, Gā-lèuhng tùhng Síu-yin daihyāt yaht séuhng Gwóngdūngwá tòhng, gaau kéuihdeih Gwóngdūngwá ge sīnsāang – Chàhn síujé chéng kéuihdeih gaaisiuh jihgéi.	今日係子明、寶珍、美美、家良同小燕第一日上廣東話堂，教佢哋廣東話嘅先生——陳小姐，請佢哋介紹自己。	今天是子明、寶珍、美美、家良和小燕第一天上廣東話課，教他們廣東話的老師——陳小姐請他們介紹自己。
Jí-Mìhng:	子明：	
Hóu aak. Dáng ngóh làih gaaisiuháh jihgéi. Ngóh giu Jēung Jí-mìhng, néihdeih hóyíh giu ngóh A-Mīng. Ngóh haih Seuhnghói yàhn, seuhnggo láihbaai làih Hēunggóng.	好呃，等我嚟介紹自己，我叫張子明，你哋可以叫我阿明。我係上海人，上個禮拜嚟香港。	好的，讓我來介紹自己，我叫張子明，你們可以叫我阿明。我是上海人，上個禮拜來香港的。
Bóu-Jān:	寶珍：	
Ngóh haih Léih Bóu-jān, haih Tòihwāan yàhn. Ngóh daihyih chi làih Hēunggóng. Daihyāt chi làih Hēunggóng, ngóh yāt geui Gwóngdūngwá dōu m̀ sīk tēng, sóyíh ngóh yìhgā yiu hohk Gwóngdūngwá.	我係李寶珍，係台灣人，我第二次嚟香港。第一次嚟香港，我一句廣東話都唔識聽，所以我而家要學廣東話。	我是李寶珍，是台灣人，這是我第二次來香港了。第一次來香港的時候，我一句廣東話都聽不懂，所以我現在要學廣東話。
Méih-méih:	美美：	
Ngóh giu Làhm Méih-méih, gogo dōu giu ngóh A-Mēi. Ngóh haih hái Méihgwok chēutsai ge Méih jihk wàhyàhn. Ngóh ge ngūkkéi yàhn góng Póutūngwá, sóyíh ngóh dōu haih yāt geui Gwóngdūngwá dōu m̀ sīk tēng. Ngóh yìhgā jyuhhái hohkhaauh.	我叫林美美，個個都叫我阿美，我係喺美國出世嘅美籍華人。我嘅屋企人講普通話，所以我都係一句廣東話都唔識聽。我而家住喺學校。	我叫林美美，個個都叫我阿美，我是在美國出生的美籍華人。我家裏說普通話，所以我也是一句廣東話都聽不懂。我現在住在學校。

耶魯拼音	廣東話	普通話
Gā-Lèuhng: Ngóh sing Hòh, giu Gā-lèuhng. Kéuih sing Wòhng, giu Síu-yin. Ngóhdeih haih tùhnghohk. Ngóhdeih dōu haih hái Bākgīng làih Hēunggóng duhksyū. Haih a, Chàhn síujé, Gwóngdūngwá nàahn m̀ nàahn hohk a?	家良： 我姓何，叫家良，佢姓黃，叫小燕，我哋係同學，我哋都係喺北京嚟香港讀書。係呀，陳小姐，廣東話難唔難學呀？	我姓何，叫家良，她姓黃，叫小燕，我們是同學，我們都是從北京來香港唸書的。對了，陳小姐，廣東話難學嗎？
Síu-yin: Chàhn síujé, tēngginwah Gwóngdūngwá m̀ yih hohk. Ngóhdeih deui Gwóngdūngwá māt dōu m̀ jī, m̀ jī ngóhdeih yiu hohk géinoih nē?	小燕： 陳小姐，聽見話，廣東話唔易學，我哋對廣東話乜都唔知，唔知我哋要學幾耐呢？	陳小姐，聽説廣東話不容易學，我們對廣東話完全不懂，不知道我們要學多久？
Chàhn síujé: Kèihsaht Gwóngdūngwá m̀ nàahn hohk. Néihdeih háng hohk, háng góng, m̀ sái géinói saht wúih hohk sīk, m̀ sái dāamsām. Hái Hēunggóng m̀ sīk góng Gwóngdūngwá m̀ fōngbihn, néihdeih yiu béi sāmgēi hohk a!	陳小姐： 其實廣東話唔難學，你哋肯學、肯講，唔使幾耐實會學識，唔使擔心。喺香港唔識講廣東話唔方便，你哋要俾心機學呀！	其實廣東話不難學，你們肯學、肯講，用不了多久一定能學會的，不用擔心。在香港不會説廣東話不方便，你們要用心學啊！
Daaihgā: Ngóhdeih yātdihng wúih béi sāmgēi hohk Gwóngdūngwá.	大家： 我哋一定會俾心機學廣東話。	我們一定會用心學習廣東話。

2　詞語

	耶魯拼音	廣東話	普通話	English
1	yaht	日	天	day
1.1	gāmyaht	今日	今天	today
2	haih	係	是	to be, yes
3	tùhng	同	幫、跟、和	for, with, and
4	ngóh	我	我	I

	耶魯拼音	廣東話	普通話	English
4.1	néih	你	你	you (singular)
4.2	kéuih	佢	他、她、它	he, she, it
4.3	ngóhdeih	我哋	我們	we
4.4	néihdeih	你哋	你們	you (plural)
4.5	kéuihdeih	佢哋	他們	they
5	sīnsāang	先生	老師，先生，丈夫	Mr., teacher, husband
6	séuhngtòhng	上堂	上課	go to class, class begin
7	dōu	都	也，都	also, too, all
7.1	dōuhaih	都係	也是，都是	also, too
8	yìhgā	而家	現在	now, at this time
9	ā	吖		a sentence particle used for asking questions, requests and making lively statements
10	aak	呃		a sentence particle showing agreement
11	dáng	等	讓	let
12	la	嘑／喇		sentence final particles indicating changed status
12.1	laak	嘞		
12.2	lok	咯		
13	m̀sīk	唔識	不懂	don't know how to
13.1	m̀(*LF tone)	唔	不	not
14	gogo	個個	每（一）個人	everybody
14.1	yàhnyàhn	人人	每（一）個人	everybody
15	hái	喺	在，從	be located at, in, on or from
16	chēutsai	出世	出生	be born

	耶魯拼音	廣東話	普通話	English
17	ge	嘅	的	structural final particle, linking and modifying, N ge N, Adj ge, …ge
18	ngūkkéiyàhn	屋企人	家人	family(members)
19	nī	呢	這	this
19.1	gó	嗰	那	that
20	àh	嗄		sentence final particle changing a previous statement into a question
21	a	呀		sentence final particle used for showing emphasis, softening statements or asking questions
22	tēngginwah	聽見話	聽説	heard somebody said
22.1	tēnggóngwah	聽講話	聽説	heard somebody said
23	māt(yéh)	乜（嘢）	甚麼	what
23.1	mē(yéh)	咩（嘢）	甚麼	what
24	yihhohk	易學	容易學	easy to learn
25	géinoih/géinói	幾耐	多久	how long
26	m̀sái	唔使	不用	no need to
26.1	sái m̀sái	使唔使	用不用	necessary or not
27	saht	實	一定	sure, certainly
28	béi sāmgēi	俾心機	用心	put effort to

3 附加詞彙

3.1 香港常見華人姓氏

耶魯拼音	廣東話	English		耶魯拼音	廣東話	English
Chàhn	陳	Chan		Máh	馬	Ma
Hòh	何	Ho		Mahk	麥	Mak
Jāu	周	Chau, Chow		Ngāu	歐	Au
Jēung	張	Cheung, Chang		Ngh	吳	Ng
Làhm	林	Lam		Ngh	伍	Ng
Làuh	劉	Lau		Wòhng	黃	Wong
Léih	李	Lee, Li, Lei		Wòhng	王	Wong

3.2 香港常見的不同國籍人士

	耶魯拼音	廣東話
1.	Faatgwok yàhn	法國人
2.	Fēileuhtbān yàhn	菲律賓人
3.	Hòhngwok yàhn	韓國人
4.	Jūnggwok yàhn	中國人
5.	Máhlòihsāinga yàhn	馬來西亞人
6.	Méihgwok yàhn	美國人
7.	Oujāu yàhn	澳洲人
8.	Yahtbún yàhn	日本人
9.	Yandouh yàhn	印度人
10.	Yannèih yàhn	印尼人
11.	Yīnggwok yàhn	英國人
12.	Yuhtnàahm yàhn	越南人

3.3　日期用語

gwoheui 過去		yìhgā 而家		jēunglòih 將來	
nìhn 年					
Nu nìhn chìhn	chìhnnín	gauhnín/ seuhngnín	gāmnìhn	chēutnín/ hahnín	hauhnín	Nu nìhn hauh
Nu 年前	前年	舊年 / 上年	今年	出年 / 下年	後年	Nu 年後
yuht 月、láihbaai 禮拜 / sīngkèih 星期					
Nu go ~ chìhn	seuhnggo joi seuhnggo ~ / seuhng léuhng go ~	seuhnggo ~	nīgo ~	hahgo ~	hahgo joi hahgo ~ / hah léuhnggo ~	Nu go ~ hauh
Nu 個~前	上個再上個~ / 上兩個~	上個~	呢個~	下個~	下個再下個~ / 下兩個~	Nu 個~後
yaht 日					
Nu yaht chìhn	chìhnyaht	kàhmyaht/ chàhmyaht	gāmyaht	tīngyaht	hauhyaht	Nu yaht hauh
Nu 日前	前日	噖日 / 嚟日	今日	聽日	後日	Nu 日後

3.4　代名詞

	耶魯拼音	廣東話	普通話
1.	ngóh	我	我
2.	néih	你	你
3.	kéuih	佢	他 / 她 / 它
4.	ngóhdeih	我哋	我們
5.	néihdeih	你哋	你們
6.	kéuihdeih	佢哋	他 / 她 / 它們
7.	yàhndeih	人哋	人家 / 別人
8.	dī yàhn	啲人	人們

4 語音練習：難讀聲母

4.1 ng

ngàuh	牛	ngohk	樂	ngáhngūk	瓦屋
ngàahm	岩	ngàaihngohn	崖岸	ngoihngáahn	礙眼
ngàahn	顏	ngàhnngàh	銀芽		
ńgh	伍	ngàaihngoh	捱餓		

4.2 ch、j

chùhngchí	從此	jaijouh	製造	jīchìh	支持
chānchīk	親戚	chūngjūk	充足	jihkchín	值錢
chōchi	初次	chìhjuhk	持續	jyúchìh	主持
chaatchēut	擦出	chyūnjōng	村莊	jóucháan	早產
Jijeh	致謝	chātjek	七隻	jaahmchéui	暫取

4.3 h

hāháaih	蝦蟹	hēihaak	稀客	hīnghon	輕看
hīmhēui	謙虛	hāk hàaih	黑鞋	hīnghēung	馨香
hóuhot	好喝	hohkhaauh	學校	hāk hùhng	黑熊
haakhei	客氣	hùhng hàh	紅霞	héihou	喜好

4.4 gw

gwa	掛	gwāgwó	瓜果	gwáigwaai	鬼怪
gwān	軍	gwaigwok	貴國	gwaigwān	季軍
gwāt	骨	gūnggún	公館	gwogwaan	過慣
gwāi	龜	gwōnggwan	光棍		

4.5　kw

kwá	褂	kwut	括	kwaang	逛
kwàhn	裙	kwòhng	狂	kwok	擴
kwàih	葵	kwúi	賄		
kwāi	規	kwāang	框		

5　短語及句子練習

5.1　量詞及指示代詞 nī 呢 及 gó 嗰

　　量詞是表示事物或動作單位的詞。廣東話的量詞有很多與普通話是不一樣的，而且廣東話的量詞含義廣泛，用法亦靈活。

　　數詞和量詞經常結合一起使用。但是，在廣東話中，量詞可以和名詞一併使用，而不需加數詞，可是在普通話中卻不可。

> Bún syū hóu nàahnduhk.　本書好難讀。　（這本書很難學。）

　　廣東話在指示代詞"呢"、"嗰"後面，要加上量詞，表示特指，但是，在普通話中，有時可以省略。

> Nīwái haih Chàhn síujé.　呢位係陳小姐。　（這位是陳小姐。）

> Gógāan hohkhaauh hóu daaih.　嗰間學校好大。　（那所學校很大。）

　　如果不需要特別強調的話，量詞前面的指示代詞"呢"、"嗰"可以省略，從而組成"量詞＋名詞"的結構，這在普通話中是不可以的。

> (Nī/Gó) bún syū géi (dō) chín a?　（呢／嗰）本書幾（多）錢呀？　（這本書多少錢？）

> Jī bāt haih m̀haih néih ga?　枝筆係唔係你㗎？　（這枝筆是不是你的？）

廣東話的量詞，都可以重疊使用，而且可以單獨使用成為句子成分。

Ngóh waih yàhn yàhn　我為人人
Jek jek dōu gam hóu.　隻隻都咁好。　（每一隻都那麼好。）

5.2　haih 係

表示肯定。

Chéngmahn néih haih m̀haih Chàhn síujé a? 請問你係唔係陳小姐呀？
Ngóh haih laak.　我係嘞。　（我就是。）

表示想起某事，改變話題。

Haih laak, gāmyaht yiu m̀yiu séuhngtòhng a? 係嘞，今日要唔要上堂呀？　（對了，今天要不要上課呢？）

"係" 讀成高升調 hái，可表示疑問，是普通話的 "是嗎？"

Chàhn síujé wúih làih Hēunggóng.　陳小姐會嚟香港。
Hái? Géisìh a?　係？幾時呀？　（是嗎？甚麼時候？）

在 "真係 / 淨係 ＋ 形容詞或副詞" 句中，"係" 是構詞的一部分，在廣東話中一定要用 "係"，而普遍話是可以省略的。

jānhaih faai　真係快　（真快）
jihnghaih sīk sihk　淨係識食　（光會吃）

有時 "係" 可轉譯為其他意思。

haih gám yí　係噉意　（馬虎 / 象徵式的 / 隨便）
yauh m̀haih gám　又唔係噉　（沒甚麼新鮮的）
haih dōu yiu heui　係都要去　（一定要去）

"係就係……，不過"句式，表示承認上文所説是事實，然後引出下面不一致的情況。

> Haih jauh haih yiu séuhngtòhng, bātgwo hóudō hohksāang dōu m̀ làih.
> 係就係要上堂，不過好多學生都唔嚟。　　（説是要上課的，不過很多學生也不來。）

5.3　m̀ 唔

廣東話的"唔"相當於普通話的"不"。一般來説，兩者的詞序是相同的，不過，在一些句式中，兩者的詞序是不同的。

某些帶"得"的詞的否定式。

m̀geidāk gamdō　唔記得咁多　（記不得那麼多）	
m̀sédāk　唔捨得　（捨不得）	
m̀gwaaidāk　唔怪得　（怪不得）	

帶補語，表示可能性。

> m̀sihkdāk dō　唔食得多　（吃不了那麼多）

"唔係"除了表示否定的意思外，句型"唔係……就"表示探詢、揣度的語氣。

> Ngóhdeih gāmyaht yiu heui, m̀haih tīngyaht jauh m̀heui dāk.
> 我哋今日要去，唔係聽日就唔去得。　　（我們今天要去，不然明天就不能去。）

5.4　dōu 都

廣東話中"都"包含了普通話"都"和"也"的用法，表示"所有"和"也是"。

Kéuihdeih dōu làih Hēunggóng duhksyū.　佢哋都嚟香港讀書。（他們都／也來香港唸書。）	
Kéuih m̀heui, ngóh dōu m̀heui.　佢唔去，我都唔去。　（他不去，我也不去。）	

"都"有很多不同的用語。

haih yàhn dōu jī　係人都知　（所有人都知道）
gogo dōu sīk　個個都識　（每一個人都懂）
lìhn gwái dōu pa　連鬼都怕　（連鬼也怕了）

5.5　語氣助詞：a 呀、ā 吖、aak 呃、àh 啊

a 呀

"呀"可帶出多種不同的語氣。

Bīngo a?　邊個呀？　（哪位？）── 疑問
Hóu hóu yāusīk a!　好好休息呀！　（好好休息吧！）── 叮囑
M̀hóu tái dihnsih a!　唔好睇電視呀！　（不要看電視了！）── 命令
Bātjī géi hóutái a!　不知幾好睇呀！　（不知多好看呀！）── 感歎

ā 吖

"吖"可表達疑問或提議的語氣，同時亦可令句子變得生動。

Néih heui m̀heui ā?　你去唔去吖？　（你去不去？）── 疑問／質問
Néih góng sīn ā!　你講先吖！　（你先談吧！）── 提議
Néih gaaisiuhháh jihgéi ā!　你介紹吓自己吖！　（你介紹一下自己吧！）── 令句子更生動

aak 呃

"呃"可表達同意的語氣。

Heui sihkfaahn la!　去食飯嘑！　（去吃飯了！）
Hóu aak!　好呃！　（好啊！／好！）

àh 啊

對某件事情已經知道或略有所知，但仍然提問，希望能夠再聽答案一次，或更加肯定。

> Heui sihkfaahn àh?　去食飯啊？（去吃飯嗎？）

6　情景説話練習

1. Gāmyaht haih néih daihyāt yaht séuhng Gwóngdūngwá tòhng. Néih haih sān tùhnghohk, chéng néih gaaisiuh jihgéi.　今日係你第一日上廣東話堂。你係新同學，請你介紹自己。

2. Néihge tùhnghohk haih hái m̀tùhng ge deihfōng làih ge. Néih séung yihngsīk kéuihdeih, chéng néih mahn kéuihdeih mahntàih.　你嘅同學係喺唔同嘅地方嚟嘅。你想認識佢哋，請你問佢哋問題。

3. Chéng néih gaaisiuhháh néihge ngūkkéi yàhn.　請你介紹吓你嘅屋企人。

4. Chéng néih gaaisiuhháh jihgéi ge gwokgā / gāhēung. Néih gwokgā / gāhēung ge yàhn góng mātyéh wá a? Nàahn m̀nàahn hohk a?　請你介紹吓自己嘅國家 / 家鄉。你國家 / 家鄉嘅人講乜野話呀？難唔難學呀？

5. Néih daihyāt chi làih Hēunggóng. Chéng néih góng néih deui Hēunggóng ge yanjeuhng.　你第一次嚟香港。請你講你對香港嘅印象。

談校園活動

1 課文

耶魯拼音	廣東話	普通話
Séuhngyùhn Gwóngdūngwá tòhng, Méih-méih yáuh dī guihgúidéi, m̀séung gam faai heui wānsyū, jauh yeuk Bóu-jān tùhng Síu-yin heui kéuihge sūkse kīngháhgái. Méih-méih ge tùhngfóng Jāu Laih-yīng dōu háidouh, Méih-méih, Bóu-jān tùhng Síu-yin yáuh hóudō gwāanyū haauhyùhn sāngwuht ge mahntàih yiu mahn Laih-yīng.	上完廣東話堂，美美有啲癐癐哋，唔想咁快去溫書，就約寶珍同小燕去佢嘅宿舍傾吓偈。美美嘅同房周麗英都喺度，美美、寶珍同小燕有好多關於校園生活嘅問題要問麗英。	上完了廣東話課，美美有點累，不想這麼快就去複習，就約了寶珍和小燕到她的宿舍聊天。美美的同房周麗英也在，美美、寶珍和小燕有很多關於校園生活的問題要問麗英。
Bóu-jān: Ngóhdeih sāamgo dōuhaih làihjó nī gāan hohkhaauh m̀haih géinoih, yáuh hóudō yéh dōu m̀jī, chéng néih dō dō jígaau wo.	寶珍： 我哋三個都係嚟咗呢間學校唔係幾耐，有好多嘢都唔知，請你多多指教喎。	我們三個都是來這個學校沒多久，有很多東西都不知道，請你多多指教啊。
Laih-yīng: M̀hóu haakhei lā. Ngóh yihgā duhkgán sāam nìhnbāan, juhng yáuh yātnìhn jauh bātyihp la. Haauhyùhn ge sāngwuht jānhaih hóu dōjī dōchói.	麗英： 唔好客氣啦。我而家讀緊三年班，仲有一年就畢業嘑。校園嘅生活真係好多姿多彩。	不用客氣。我現在唸三年級，還有一年就要畢業了。校園的生活真是多姿多彩。
Méih-méih: Haih laak, Laih-yīng, néih pìhngsìh séuhngtòhng ge sìhgaan dím a?	美美： 係嘞，麗英，你平時上堂嘅時間點呀？	對了，麗英，你平常上課的時間是怎麼樣的？
Laih-yīng: Jeui jóu yāt tòhng haih seuhngjau baatdím bun, jeui ngaan gó tòhng haih	麗英： 最早一堂係上晝八點半，最晏嗰堂係下晝六點半。	最早一節課是上午八點半，最晚那節課在下午

耶魯拼音	廣東話	普通話
hahjau luhk dím bun. M̀jihngjí sīngkèih yāt ji ńgh dōu yiu séuhngtòhng, yáuhsìh láihbaailuhk seuhngjau dōu wúih yáuh tòhng, bātgwo hahjau jauh dōsou móuh.	唔淨止星期一至五都要上堂，有時禮拜六上晝都會有堂，不過下晝就多數冇。	六點半。不光是星期一到五都要上課，有的時候禮拜六上午也有課，不過下午很多時候沒課。
Síu-yin:	小燕：	
Gám néih hái bīndouh séuhngtòhng a?	噉你喺邊度上堂呀？	那麼你在哪裏上課？
Laih-yīng:	麗英：	
M̀tùhngge fōmuhk, wúih hái m̀tùhngge deihfōng séuhngtòhng. Hohkhaauh ge deihfōng hóu daaih, jyun tòhng gójahnsìh yiu daap haauhbā, yáuhsìh lohkjó chē juhngyiu hàahnglouh, jānhaih géi guih ga.	唔同嘅科目，會喺唔同嘅地方上堂。學校嘅地方好大，轉堂嗰陣時要搭校巴，有時落咗車仲要行路，真係幾癐㗎。	不同的科目，會在不同的地方上課。學校的地方很大，換課室的時候要坐校巴，有時候下車之後還要走路，真是挺累的。
Bóu-Jān:	寶珍：	
Chèuihjó duhksyū jīngoih, hohkhaauh juhng yáuhdī mātyéh wuhtduhng ga?	除咗讀書之外，學校仲有啲乜嘢活動㗎？	除了讀書以外，學校還有些甚麼活動呢？
Laih-yīng:	麗英：	
Haauhyùhn léuihbihn ge wuhtduhng yáuh hóudō bo, hóuchíh haauhhing, gōcheung béichoi, luhkwahn wúi, séuiwahn wúi, bihnleuhn béichoi, màhnfa máahnwúi dáng dáng, juhng yáuh hóudō m̀tùhngge hohkwúi hóyíh chāamgā, yìhché sūkse tùhng hohksāangwúi múih nìhn dōu wúih baahn m̀síu wuhtduhng, jānhaih yáu sóu dōu sóu m̀saai a!	校園裏面嘅活動有好多嘢，好似校慶、歌唱比賽、陸運會、水運會、辯論比賽、文化晚會等等，仲有好多唔同嘅學會可以參加，而且宿舍同學生會每年都會辦唔少活動，真係要數都數唔晒呀！	校園裏面的活動有很多，好像校慶、歌唱比賽、陸運會、水運會、辯論比賽、文化晚會等等，還有很多不同的學會可以參加，而且宿舍和學生會每年都會舉辦不少活動，真是要數也數不清啊！
Méih-méih:	美美：	
Yáuh gam dō àh, m̀jī chāamgā mātyéh hóu wo.	有咁多啊，唔知參加乜嘢好喎。	有那麼多啊？不知道參加甚麼才好。

耶魯拼音	廣東話	普通話
Laih-yīng:	麗英：	
Kèihsaht, pìhngsìh duhksyū dōu hóu m̀dākhàahn, kèihtā ge sìhgaan m̀haih hóudō, tūngsèuhng m̀haih hái tòuhsyūgún jauh haih hái dihnnóuh jūngsām jouhyéh.	其實，平時讀書都好唔得閒，其他嘅時間唔係好多，通常唔係喺圖書館就係喺電腦中心做嘢。	其實，平常唸書也挺忙的，剩下的時間不是很多，通常不是在圖書館就是在電腦中心幹活。
Síu yin:	小燕：	
Ngóhdeih yáuh hóu dō hohkhaauh ge deihfōng dōu meih heuigwo, néih yiu daai ngóhdeih hàahngháh ji dāk bo.	我哋有好多學校嘅地方都未去過，你要帶我哋行吓至得㗎。	學校裏有很多地方我們還沒去過，你要帶我們去走走才行。
Laih-yīng:	麗英：	
Móuh mahntàih. Ngóh yáuhdī ngohngódéi, bātyùh ngóhdeih yātchàih heui sihk "tī" lo.	有問題。我有啲餓餓哋，不如我哋一齊去食 "tea" 囉。	沒問題。我有點餓，不如我們一起去喝下午茶吧。

2　詞語

	耶魯拼音	廣東話	普通話	English
1	dī	啲	（一）點 /（一）些	a little bit, some
2	guih	癐	累	tired
2.1	guihgúidéi	癐癐哋	有一點累	a little bit tired
3	gam	咁	那麼	so
4	háh	吓	一下	for a while
5	kīnggái	傾偈	聊天	chat
6	tùhngfóng	同房	同屋	roommate

		耶魯拼音	廣東話	普通話	English
7		douh	度	地方：這（那）裏／這（那）兒	place
7.1		bīndouh	邊度	哪裏	where
8		jó	咗	了	verb suffix, indicating completion of an action
9		géi	幾	頗	quite
9.1		m̀haih géi	唔係幾	不（是）那麼	not quite, not very
10		hóu	好	很，十分	very
10.1		m̀hóu	唔好	不要	don't
11		wo	喎		be used to emphasize
12		lā	啦	吧	a sentence final indicating mild commands, requests, suggestions or final agreements
13		~ gán	～緊	正在	a verb suffix indicating continuous action
14		juhng yáuh	仲有	還有	even more, still more
15		jānhaih	真係	真是	really
16		ga?	㗎？	的？	fusion of 'ge' and 'a'
17		pìhngsìh	平時	平常	usually, ordinarily
18		ngaan	晏	晚	late (in the day time)
19		seuhngjau	上晝	上午	morning (forenoon)
20		hahjau	下晝	下午	afternoon
21		dōsou	多數	多是	probably, majority
22		jyun tòhng	轉堂	換課室	change class
23		gójahn(sìh) / gójahn(sí)	嗰陣（時）	的時候／那時候	at that time, while

	耶魯拼音	廣東話	普通話	English
24	daap	搭	乘	take (vehicle)
24.1	chóh	坐	坐	sit
25	haauhbā	校巴	校車	school bus
26	lohkchē	落車	下車	get off from the car
27	hàahng	行	走	walk
27.1	hàahnggāai	行街	逛街	do window shopping
27.2	hàahnglouh	行路	走路	walk (on the road)
27.3	hàahngsāan	行山	爬山	hiking
28	chèuihjó…jīngoih	除咗……之外	除了……以外	besides…, except
29	bo	噃	吧	Oh!(used to tone down the abruptness of a suggestion, a sudden realization, expectation, agreement)
30	hóuchíh	好似	好像	such as, resemble
31	sóu	數	數	count
32	-saai	晒	完，光	a verb suffix which indicates "all, completely"
33	m̀dākhàahn	唔得閒	沒時間	not free, busy
34	m̀haih…jauhhaih…	唔係……就係……	不是……就是……	either…or…
35	meih	未	還沒有	not yet
36	ji dāk	至得	那樣才可以	before it is OK
37	móuh	冇	沒有	don't have, did not
38	ngohngohdéi / ngohngódéi	餓餓哋	有（一）點餓	a little bit hungry

	耶魯拼音	廣東話	普通話	English
38.1	tóuhngoh	肚餓	肚子餓	hungry
38.2	tóuh	肚	肚子	belly, abdomen, bowels
39	yātchàih	一齊	一起	together
40	heui (sihk) "tī"	去(食)"tea"	去喝下午茶	have afternoon tea

3　附加詞彙

3.1　程度狀語

程度狀語說明性質狀態達到了某種程度，它常由副詞充當。

ṁ 唔、ṁhaihgéi 唔係幾、ṁhaihhóu 唔係好、màhmádéi 嘛嘛哋、síusíu
少少、déi 哋、géi 幾 及 hóu 好

耶魯拼音	廣東話（動詞）	普通話		耶魯拼音	廣東話（形容詞）	普通話
ṁsīk	唔識	不懂 / 不會		ṁdaaih	唔大	不大
ṁhaihgéi (sīk)	唔係幾（識）	不太懂 不太會		ṁhaihgéi (daaih)	唔係幾（大）	不太大
ṁhaihhóu (sīk)	唔係好（識）			ṁhaihhóu (daaih)	唔係好（大）	
màhmádéi (sīk)	嘛嘛哋（識）	懂一點兒 / 馬馬虎虎		màhmádéi (daaih)	嘛嘛哋（大）	不太大
sīk síusíu	識少少			daaihdáai déi	大大哋	
sīksīkdéi	識識哋					
géi sīk	幾識	蠻會		géi daaih	幾大	蠻大
sīk	識	懂 / 會		daaih	大	大
hóu sīk	好識	很會		hóu daaih	好大	很大

dī 啲、yātdī 一啲、dīdī 啲啲 及 dīkgamdēu 啲咁哆

☞　"啲"亦可表示複數。

Dīyàhn làihjó meih a?　啲人嚟咗未呀？　（那些人來了沒有？）
Néihdī pàhngyáuh nē?　你啲朋友呢？　（你的朋友在哪兒？）

☞　"啲"也可用在泛指的情況。

nīdī　呢啲　（這些）
gódī　嗰啲　（那些）
bīndī　邊啲　（哪些）

☞　"啲"和"一啲"的意思一樣，可放在形容詞後面，表示相比之下程度較高。"啲啲"和"啲咁哆"的用法類似，但幅度較小。

daaihdī　大啲　（大一點兒）
dōyātdī　多一啲　（多一點兒）
hóudīdī　好啲啲　（好一點點）
pèhng dīkgamdō　平啲咁多　（便宜一丁點兒）

3.2　時間用語

時刻表達

耶魯拼音	廣東話	普通話
yātgo jūng (tàuh)	一個鐘（頭）	一小時
bungo jūng (tàuh)	半個鐘（頭）	半小時
yātgo jih	一個字	五分鐘
yātgo gwāt	一個骨	十五分鐘／一刻鐘
…dím daahpjeng	……點踏正	整……點／……點（整／正）
…dím sūngdī	……點鬆啲	……點過一點兒

每日時段

耶魯拼音	廣東話	普通話
jīu (tàuh) jóu	朝（頭）早	早上
seuhngjau	上晝	上午
hahjau / ngaanjau	下晝 / 晏晝	下午
ngāaimāan	挨晚	傍晚 / 黃昏
yehmáahn (hāak)	夜晚（黑）	晚上 / 夜裏
máahn (tàuh) hāak	晚（頭）黑	晚上 / 夜裏
bunyeh / bunyé	半夜	夜半
lìhngsàhn	凌晨	凌晨
tīnmūnggwōng	天矇光	黎明

其他時間用語

耶魯拼音	廣東話	普通話
yahttáu	日頭	白天
sìhngyaht / sèhngyaht	成日	整天
bunjau / bunyaht	半晝 / 半日	半天
ngaan	晏	晚（白天）
yeh	夜	晚（晚間）

4　語音練習：難讀韻母（一）

4.1　e

bē	啤	mē	咩	sēng	聲
jé	姐	nē	呢	tek	踢
dé	嗲	sē	些	pek	劈
fē	啡	yéh	嘢	séi	死
kèh	騎	leng	靚	béi	俾

4.2　eu

chèuhngcheuk	長桌	jēunchùhng	遵從	leuihjeuih	累贅
chēutdéui	出隊	jēungyèuhng	張揚	sēungchèuhng	商場
chéuiyeuhk	取藥	lèuhndēun	倫敦	sēungseun	相信
jeukyeuhk	雀躍	leuhnjeuhn	論盡	yéuhngyèuhng	養羊

4.3　oi、eui

lòih	來	lèuih	雷	hōi	開	hēui	墟
chói	採	chéui	取	joi	再	jeui	醉
tói	枱	téui	腿	koi	概	kéuih	佢
gói	改	geuih	巨	noih	耐	néuih	女
dói	袋	déui	隊	sōi	腮	sēui	需

4.4　eng、eung

hēng	輕	hēung	香	leng	靚	lèuhng	梁
gēng	驚	gēung	薑	yèhng	贏	yéung	樣
Jehng	鄭	Jēung	張				

4.5　ek、euk

jek	隻	jeuk	着	chek	尺	cheuk	桌
sehk	石	seuk	削	lēk	叻	leuhk	略
dehk	𧵳	deuk	啄				

5　短語及句子練習

5.1　體貌助詞：jó 咗、gwo 過、gán 緊、yùhn 完 及 saai 晒

體貌動詞是跟在動詞、形容詞之後，表示動作的進行和完成、性質狀態變化的實現等意義的詞。

jó 咗

"咗"表示動作的完成或性質狀態變化的實現。

Kéuihdeih làihjó Hēunggóng yātgo láihbaai laak. 佢哋嚟咗香港一個禮拜嘞。　（他們來了香港一個星期了。）
Búnsyū gwaijó wo.　本書貴咗喎。　（這本書貴了。）

gwo 過

"過"表示某種動作，行為或狀態已成為過去，或表示曾經有過這種經歷。

Ngóh heuigwo Jūnggwok la.　我去過中國嘑。　（我到過中國了。）
Kéuih hohkgwo sāamgo yuht Yīngmán.　佢學過三個月英文。　（他學過三個月英語。）

gán 緊

"緊"放在動詞後面，表示動作正在進行。

sihkgán faahn　食緊飯　（正在吃飯）
hàahnggán　行緊　（走着）
séuhnggán tòhng　上緊堂　（正在上課）

yùhn 完

"完"放在動詞後面，表示動作的完成。

duhkyùhn syū　讀完書　（唸完書）

kīngyùhn gái　傾完偈　（聊完天）	
seúhngyùhn tòhng　上完堂　（上完課）	

saai 晒

☞　"晒"用在動詞或形容詞後面，表示"全部"。

táisaai nībún syū　睇晒呢本書　（看完了這本書）	
Yìhgā gāan fóng lengsaai.　而家間房靚晒。　（現在整個屋子都漂亮起來了。）	

☞　"晒"可放表示感謝意義的動詞後，帶有加強語氣的作用。

m̀goisaai　唔該晒　（謝謝）	
dōjehsaai néih　多謝晒你　（謝謝你）	

☞　"晒"也可與"完"及"過"連用，放在動詞後面，強調動作全部完成或全都經歷過。

Góngyùhnsaai dīyéh meih a?　講完晒啲嘢未呀？　（説完了話沒有？）	
Hàahnggwosaai hohkhaauh ge deihfōng meih a? 行過晒學校嘅地方未呀？　（走過學校所有的地方沒有？）	

5.2　meih 未

"未"與普通話的"沒有"不盡相同。"未"除表示動作或狀態沒有改變或發生外，還顯示這動作或狀態可能會在往後發生或產生變化。

構成疑問句

一般放在句末，倘若句末有語氣詞，則放在語氣詞之前。

Sihkjó faahn meih a?　食咗飯未呀？　（吃過飯沒有？）	
Sahp jēung jí gau meih a?　十張紙夠未呀？　（十張紙夠了沒有？）	

用作否定副詞

放在動詞或形容詞前，用來否定動作或狀態已經發生或改變。

Meih jyú faahn   未煮飯　（還沒有弄飯）
Meih heui Méihgwok   未去美國　（還沒有到美國去）
Sahp jēung jí meih gau   十張紙未夠　（十張紙還不夠）

5.3　助詞 háh 吓

"吓"用在動詞後面，表示嘗試或隨意的動作，或動作短暫。

Ngóh séung táiháh.   我想睇吓。　（我想看一下。）
Ngóh yiu yāusīkháh.   我要休息吓。　（我要休息一下。）
Ngóh séung tùhng néih kīngháh.   我想同你傾吓。　（我想跟你談談。）

☞　廣東話的 "咗、吓"，也可加在動詞中間。

gitjó fān   結咗婚　（結婚了）
fanháh gaau   瞓吓覺　（睡一下）

5.4　yáuh 有

在廣東話中，"有"有一些獨特的用法，與普通話不同。

"有"用在動詞前邊，詢問動作行為或狀態是否真的曾經發生過。

Kéuih yáuh làihgwo àh?   佢有嚟過啊？　（他來過了嗎？）
Néih yáuh máaih àh?   你有買啊？　（你有買嗎？）

☞ 普通話一般只用"沒有＋動詞"否定行為或狀態不曾發生,例如"沒有去"、"沒有吃"。

☞ 在一些例子中,"有"是多餘的,可以省略。

(Yáuh) dō géi go jauh hóu la. （有）多幾個就好嘑。 （多有幾個就好了。）

5.5 hóu 好

"好"除可用作程度狀語,表示程度較高外,亦可放在動詞前面,表達叮嚀的語氣,有"應該"的意思。

Néih hóu heui la. 你好去嘑。 （你該去了。）
Néih hóu jouh gūngfo la. 你好做功課嘑。 （你該做功課了。）

句型"好 V 唔 V"表示不應該做的事做了,或者不該選擇的倒選擇了。

Néih jānhaih hóu jouh m̀ jouh a! 你真係好做唔做呀！ （你真是該做的不做！）

5.6 語氣助詞：bo 嘛 / wo 喎、lā 啦、la 嘑 / laak 嘞 / lok 咯 / lo 囉

bo 嘛 / wo 喎

"嘛"用於陳述句,以加強語氣,提醒對方注意,或用於表達醒悟、讚歎的語氣。

Néih m̀sái haakhei bo. 你唔使客氣嘛。 （你不用客氣。）
Nīdouh hóu leng bo. 呢度好靚嘛。 （這裏挺漂亮的嘛。）

"喎"用於陳述句,表示提醒、商量或醒悟,與"嘛"相通,但語氣較輕。

Gámyéung hóudī wo. 噉樣好啲喎！ （這樣好一點！）
M̀hóu m̀geidāk wo! 唔好唔記得喎！ （不要忘記啊！）

lā 啦

"啦"用於表達請求或命令的語氣。

Deui m̀jyuh, ngóh m̀jī, néih mahnháh kéuih lā. 對唔住，我唔知，你問吓佢啦。　（對不起，我不知道，你問一下他吧！）
Néih m̀hóu heui gódouh lā.　你唔好去嗰度啦。　（你不要到那兒去吧。）

la 嘑 / laak 嘞 / lok 咯 / lo 囉

☞　"嘑"、"嘞"、"咯"及"囉"可表達肯定的語氣，表示情況改變、出現新情況或詢問事態的進程。

Gāmyaht haih sāamsahp yāt houh la. 今日係三十一號嘑。　（今天是三十一號了。）— 情況改變
Ngóh m̀yiu la.　我唔要嘑。　（我不要了。）— 肯定
Géi dímjūng la?　幾點鐘嘑？　（幾點鐘了？）— 事態的進程
Sīk góng laak.　識講嘞。　（會説了。）— 情況改變
Móuh sih lok.　冇事咯。　（沒事了。）— 出現新情況
Móuh lo.　冇囉。　（沒有了。）— 出現新情況

☞　"囉"除了表示情況改變或出現新情況外，還可表示其他語氣。

Yìhgā móuh yàhn lo.　而家冇人囉。　（現在沒有人了。）— 強調現時的情況
Ngóhdeih yātchàih heui lo.　我哋一齊去囉。　（我們一起去吧。）— 尋求別人同意

6 情景説話練習

1. Chéng néih gaaisiuhháh néih jīdou ge hohkhaauh wuhtduhng. 請你介紹吓你知道嘅學校活動。

2. Chéng néih góngháh néih duhkgán mātyéh? Séuhngtòhng ge sìhgaan dím a? Yiu m̀yiu daapchē heui hohkhaauh a? 請你講吓你讀緊乜野？上堂嘅時間點呀？要唔要搭車去學校呀？

3. Néih pìhngsìh dōsou heui dī mātyéh deihfōng a? Jouh dī mātyéh nē? Dākhàahn wúih tùhng tùhnghohk heui bīndouh a? 你平時多數去啲乜野地方呀？做啲乜野呢？得閒會同同學去邊度呀？

4. Néih chāamgājó mātyéh wuhtduhng a? Néih juhng séung chāamgā dī mātyéh wuhtduhng a? 你參加咗乜野活動呀？你仲想參加啲乜野活動呀？

5. Chéng néih gaaisiuhháh néihge sūkse. Néihge sūkse yáuh dī mātyéh wuhtduhng a? 請你介紹吓你嘅宿舍。你嘅宿舍有啲乜野活動呀？

第**3**課 去飯堂食晏

1 課文

耶魯拼音	廣東話	普通話
Bóu-jān, Jí-mìhng, Laih-yīng, Gā-lèuhng yāt bāan tùhnghohk séuhng yùhnsaai tòhng, jauh yātchàih heui faahntòhng sihk ngaan, yíhhah haih kéuihdeih ge deuiwah.	寶珍、子明、麗英、家良一班同學上完晒堂，就一齊去飯堂食晏，以下係佢地嘅對話。	寶珍、子明、麗英、家良幾個同學上完了課，就一塊兒到飯堂吃午飯，下面是他們的對話。
Bóu-jan: Wa! Tìuh lùhng gam chèuhng! A-Lèuhng, néih tùhng Jí-mìhng pàaihdéui sīn, ngóh tùhng Laih-yīng heui góbihn wán wái. M̀gōi néih bōng ngóh máaih yātdihp chā gāi faahn, yātbūi dung níng chàh. Laih-yīng, néih sihk mātyéh a?	寶珍： 嘩！條龍咁長！阿良，你同子明排隊先，我同麗英去嗰便搵位。唔該你幫我買一碟叉雞飯，一杯凍檸茶。麗英，你食乜野呀？	嘩！隊排得那麼長！阿良，你跟子明先去排隊，我跟麗英去那邊找個位子，麻煩你替我買一碟叉雞飯，一杯冰檸茶。麗英，你吃甚麼呀？
Laih-yīng: Ngóh gāmyaht sihkjāai m̀sihk yuhk. Ngóh yiu yātdihp lòhhonjāai yīmihn, ngóh yám séui jauh dāk laak. A-Lèuhng, néih tùhng ngóh béi chín sīn, dāk m̀dāk a?	麗英： 我今日食齋唔食肉，我要一碟羅漢齋伊麵，我飲水就得嘞。阿良，你同我俾錢先，得唔得呀？	我今天吃素不吃肉，我要一碟羅漢齋伊麵，我喝點水就行啦。阿良，你先替我付錢，可以嗎？
Gā-lèuhng: Gánghaih dāk lā! Néihdeih heui wán wái sīn lā! Dáng ngóh táiháh gāmyaht faai chāan yáuh mātyéh sīn, yáuh sūkmáih bāannáahm faahn lā, fāanké ngàuhyuhk faahn lā, màhpòh dauhfuh faahn lā; ngóh gáan sūkmáih bāannáahm faahn. Jí-mìhng, néih jūngyi sihk mātyéh a?	家良： 梗係得啦！你哋去搵位先啦！等我睇吓今日快餐有乜野先，有粟米斑腩飯啦，蕃茄牛肉飯啦，麻婆豆腐飯啦；我揀粟米斑腩飯。子明，你鍾意食乜野呀？	當然可以啦！你們先去找個位子吧！讓我先看一下今天快餐有甚麼，有玉米斑腩飯啦，蕃茄牛肉飯啦，麻婆豆腐飯啦；我要玉米斑腩飯。子明，你喜歡吃甚麼？

耶魯拼音	廣東話	普通話
Jí-mìhng: Ngóh gāmyaht séung sihk dímsām, ngóh yiu yātlùhng hāgáau, yātlùhng nohmáih gāi, yātdihp chéungfán tùhng chēun'gyún.	子明： 我今日想食點心，我要一籠蝦餃，一籠糯米雞，一碟腸粉同春卷。	我今天想吃點心，我要一籠蝦餃，一籠糯米雞，一碟腸粉和春卷。
Gā-lèuhng: Néih yātgo yàhn sihk gam dō yéh, sihk m̀sihkdāksaai a?	家良： 你一個人食咁多嘢，食唔食得晒呀？	你一個人吃那麼多東西，吃得下嗎？
Jí-mìhng: M̀haih hóudō jē! Hahmbaahnglaahng seiyeuhng yéh ja. Yātjahngāan, kéuihdeih máaihyùhnsaai yéh, jauh hàahngheui Bóu-jān gódouh.	子明： 唔係好多啫！冚唪呤四樣嘢咋。 一陣間，佢哋買完晒嘢，就行去寶珍嗰度。	不算太多吧！一共才四碟。 一會兒，他們買齊了所有的東西，就往寶珍那邊走過去。
Bóu-jān: M̀gōisaai, A-lèuhng, ngóh jāang néih géidō chín a?	寶珍： 唔該晒，阿良，我爭你幾多錢呀？	謝謝，麻煩你了，阿良，我欠你多少錢呀？
Gā-lèuhng: Chā gāi faahn $12.5(sahpyih go bun), dung níng chàh $5.3(ńgh go sāam), yātguhng $17.8(sahpchāt go baat). Laih-yīng, néihdouh $18(sahpbaat mān).	家良： 叉雞飯 $12.5（十二個半），凍檸茶 $5.3（五個三），一共 $17.8（十七個八）。麗英，你度 $18（十八蚊）。	叉雞飯 $12.5（十二塊五），冰檸茶 $5.3（五塊三），一共 $17.8（十七塊八）。麗英，你的要 $18（十八塊）。
Laih-yīng: M̀hóu yisi, ngóh móuh sáanjí, nīdouh $50(ńghsahp mān).	麗英： 唔好意思，我冇散紙，呢度 $50（五十蚊）。	不好意思，我沒有零錢，這裏是 $50（五十塊）。
Gā-lèuhng: M̀gányiu, ngóh yáuh dāk jáau.	家良： 唔緊要，我有得找。	不要緊，我可以給你找。
Jí-mìhng: Sihkyéh la! Ngóh nīdouh yáuhdī dímsām, néihdeih m̀hóu haakhei,	子明： 食嘢嘑！我呢度有啲點心，你哋唔好客氣，隨便	吃東西吧！我這裏有些點心，你們不用客氣，

耶魯拼音	廣東話	普通話
chèuihbín sihk lā! A-Jān, néih dī chā gāi hóu leng bo! Béi gauh gāi, béi gauh chāsīu ngóh siháh, dāk m̀dāk a?	食啦！阿珍，你啲叉雞好靚嚹！俾嚿雞，俾嚿叉燒我試吓，得唔得呀？	隨便吃吧！阿珍，你的叉雞看上去很好吃！給我一塊雞、一塊叉燒嚐嚐，可以嗎？
Bóu-jān: Gánghaih dāk lā! Daaihgā fān làih sihk lā!	寶珍： 梗係得啦！大家分嚟食啦！	當然可以！大家分着吃吧！
Jí-mìhng: Jānhaih hóu sihk bo.	子明： 真係好食嚹。	真好吃。
Laih-yīng: Nīgāan faahntòhng ge yéh, m̀jí hóusihk juhng hóu dái tīm. Yùhgwó chēutgāai sihkfaahn, hái póutūng ge jáulàuh, yātgo sung héimáh yiu géi sahp māan dóu; yáuh dī gwai ge, juhng yiu baak géi māan yātgo sung tīm.	麗英： 呢間飯堂嘅嘢，唔只好食仲好抵添。如果出街食飯，喺普通嘅酒樓，一個餸起碼要幾十蚊度；有啲貴嘅，仲要百幾蚊一個餸添。	這個飯堂的菜，不只好吃，還挺便宜的吶。如果在外邊吃飯，一般的飯館，一個菜起碼要幾十塊左右；有的貴的，還要一百多塊一個菜呢。
Bóu-jān: Gónghéi séuhnglàih, ngóh hóu gwajyuh ngūkkéiyàhn a! Ngóh hóu séung sihk màhmā jyú ge sung a! Kéuih jyú sung hóuhóu sihk.	寶珍： 講起上嚟，我好掛住屋企人呀！我好想食媽媽煮嘅餸呀！佢煮餸好好食。	説起來，我很想家！我很想吃我媽媽做的菜！她做飯很好吃的。
Laih-yīng: M̀hóu góng gam dō la, sihkyéh sīn lā! dungsaai la.	麗英： 唔好講咁多嘑，食嘢先啦！凍晒嘑。	不要説那麼多了，先吃吧！菜都涼啦。
Jí-mìhng: Wán yaht, ngóhdeih yātchàih chēutgāai sihkfaahn lā, hóu m̀hóu a?	子明： 揾日，我哋一齊出街食飯啦，好唔好呀？	改天我們一塊到外邊吃飯，好嗎？
Bóu-jān: Hóu a! Ngóhdeih AA jai lā!	寶珍： 好呀！我哋 AA 制啦。	好！我們各付各的。

2　詞語

	耶魯拼音	廣東話	普通話	English
1	sihk	食	吃	eat
1.1	sihk ngaan (jau)	食晏（晝）	吃午飯	have lunch
1.2	hóusihk	好食	好吃	delicious
2	V sīn	V 先	先 V	V first
3	wán wái	搵位	找位子	find a seat
4	m̀gōi	唔該	謝謝	thank you
4.1	m̀gōisaai	唔該晒	太感謝了	thank you very much
5	jāai	齋	素	vegeterian food or dishes
6	yám	飲	喝	drink
7	jauh dāk la	就得㗎	就行了 / 快了	be fine, soon will be okay
8	béichín	俾錢	付錢	pay
9	dāk m̀dāk a?	得唔得呀？	可不可以呀？ / 行嗎？	would it be okay
10	gánghaih dāk lā	梗係得啦	當然可以啦 / 肯定行	of course it's okay
11	tái	睇	看	see
11.1	dáng ngóh táiháh	等我睇吓	讓我看看 / 讓我看一下	let me see, let me take a look
12	gáan	揀	選擇 / 挑	choose, pick
13	jūngyi	鍾意	喜歡	like, be fond of
14	jē	啫		sentence final particle meaning 'only'
15	hahmbaahnglaahng	冚唪唥	總共 / 一共 / 所有 / 全部	altogether, all together

	耶魯拼音	廣東話	普通話	English
16	ja	咋		sentence final particle meaning 'only'
16.1	jàh?	咋？		fusion of 'ja' and 'àh'
17	yātjahn (gāan)	一陣（間）	一會兒	a while, a moment later
18	jāang	爭	欠	owe
19	māan	蚊	塊 / 塊錢 / 元	dollar
20	sáanjí	散紙	零錢	small change
21	m̀gányiu	唔緊要	不要緊 / 沒關係	never mind
22	yáuh dāk jáau	有得找	找得開	can give back the change
23	leng	靚	漂亮 / 好	pretty, nice
24	béi	俾	給	give
25	gauh	嚿	塊	a (thick) piece of
26	fān làih sihk	分嚟食	分着吃	share the food
27	m̀ jí…, juhng…tīm	唔只……，仲……添	不只……，還……	not only…, but also…
28	dái	抵	便宜 / 值得	good bargain, worth it
29	chēutgāai	出街	出外 / 上街	go out
30	dóu	度	大概	roughly
31	tīm	添		sentence final particle emphasizing 'more'
32	gónghéiséuhnglàih	講起上嚟	説起來	by the way
33	gwajyuh	掛住	想念	miss or thinking of someone
33.1	gwajyuh…	掛住…	整天想着 / 老想着 / 光顧着	preoccupied in doing something
33.2	gwajyuh ngūkkéi	掛住屋企	想家	miss home

	耶魯拼音	廣東話	普通話	English
34	jyú sung	煮餸	做菜	prepare dishes
34.1	jyú faahn	煮飯	做飯	cook a meal
35	dung	凍	冷	cold
36	wán yaht	搵日	改天	find a day
37	AA jai	AA 制	各付各	go dutch

3 附加詞彙

3.1 數詞

零到拾 0 – 10

0	1	2	3	4	5	6	7	8	9	10
lìhng	yāt	yih	sāam	sei	ńgh	luhk	chāt	baat	gáu	sahp

20	30	40	50	60	70	80	90
yihsahp	sāamsahp	seisahp	ńghsahp	luhksahp	chātsahp	baatsahp	gáusahp

☞ 廣東話數詞從二十開始，可把"sahp 十"的發音轉換成"ah"，變成快速讀法，例如：

21	yihsahp yāt	→	yahyāt
32	sāamsahp yih	→	sā'ah yih
43	seisahp sāam	→	sei'ah sāam
54	ńghsahp sei	→	ńgh'ah sei
65	luhksahp ńgh	→	luhk'ah ńgh
76	chātsahp luhk	→	chāt'ah luhk / chā'ah luhk
87	baatsahp chāt	→	baat'ah chāt / ba'ah chāt
98	gáusahp baat	→	gáu'ah baat

百到億 100 – 100,000,000

	100	yāt baak	一百
	102	yāt baak lìhng yih	一百零二
*	110	yāt baak yāt sahp / baak yāt	一百一十 / 百一
*	180	yāt baak baat sahp / baak baat	一百八十 / 百八
**	220	yih baak yih sahp / yih baak yih	二百二十 / 二百二
**	280	yih baak baat sahp / yih baak baat	二百八十 / 二百八
	800	baat baak	八百
**	3,300	sāam chīn sāam baak / sāam chīn sāam	三千三百 / 三千三
**	45,000	sei maahn ńgh chīn / sei maahn ńgh	四萬五千 / 四萬五
	500,000	ńgh sahp maahn	五十萬
	6,000,000	luhk baak maahn	六百萬
	70,000,000	chāt chīn maahn	七千萬
	800,000,000	baat yīk	八億

註：＊ "百" 以上的多位整數，以 "一" 為首位時，"一" 和最末位的數詞省略不讀。

＊＊ "二百" 以上的多位整數，最末位的數詞省略不讀。

"lìhng 零" 變讀 "lèhng 零" 的用法。

數詞＋零＋名詞，"零" 的作用是表達稍多一點。

sahp lèhng yàhn　十零人	（十來個人）
baak lèhng māan　百零蚊	（一百多塊錢）

數詞＋量詞＋零＋名詞

sāam dím lèhng jūng　三點零鐘	（三點多）
léuhng go lèhng yuht　兩個零月	（兩個多月）

註：當數詞是 "一" 的時候，多省略不讀。

go lèhng jih　個零字	（五分多鐘 / 不超過十分鐘）
gān lèhng choi　斤零菜	（一斤多菜）

> wún lèhng faahn　碗零飯　（一碗多飯）

3.2　錢的用法

廣東話與普通話金錢單位名稱對照

耶魯拼音	廣東話	普通話
mān	蚊	元／塊（錢）
hòuh/hòuhjí	毫／毫子	角／毛
sīn	仙	分
Nu go Nu	數詞＋個＋數詞	數詞＋塊＋數詞

廣東話與普通話對金錢說法對照

	耶魯拼音	廣東話	普通話
10¢	yāt hòuh	一毫	一毛
20¢	léuhng hòuh	兩毫	兩毛
50¢	ńgh hòuh	五毫	五毛
$1	yāt mān	一蚊	一塊
* $1.5	gobun	個半	一塊半
$2	léuhng mān	兩蚊	兩塊
$2.5	léuhng go bun	兩個半	兩塊半
$10.5	sahp go lìhng ńgh /	十個零五 /	十塊半 /
	sahp go bun /	十個半 /	十塊半 /
	sahp mān ńgh hòuh	十蚊五毫	十塊半
$11.5	sahpyāt go bun	十一個半	十一塊半
$25.5	yihsahp ńgh go bun	二十五個半	二十五塊半
$100	yāt baak mān	一百蚊	一百塊
$200	yih baak mān /	二百蚊	兩百塊
	léuhng baak mān	兩百蚊	兩百塊
$1,000	yāt chīn mān	一千蚊	一千塊
$10,000	yāt maahn (mān)	一萬（蚊）	一萬塊

註：＊ 只適用於 $1.1 至 $1.9，如數值是個位以上（見 $11.5），則數詞 "一" 不可省略。

3.3　dóu 度

"度"表示概略的意思。

Nījī bāt yiu sahp mān dóu.　呢枝筆要十蚊度。　（這枝筆大概要十塊錢。）
Góbún syū daaihyeuk baak lèhng mān dóu. 嗰本書大約百零蚊度。　（那本書大概要一百多塊錢。）

☞　除了"零"及"度"之外，廣東話還有其他表示概略的説法：

耶魯拼音	廣東話	普通話
daaihyeuk…	大約……	大概……
daaihkoi/ daaihkói…	大概……	大概……
yeukmók	約莫	大概
…gamseuhnghá	……咁上下	……左右
…jóyáu	……左右	……左右
Chāṁdō…	差唔多……	差不多……
chābātdō…	差不多……	差不多……
…sūngdī	……鬆啲	……多一點

3.4　ṁgōi 唔該 和 dōjeh 多謝

"唔該"和"多謝"相當於普通話的**"謝謝"**，但廣東話用法不同。

ṁgōi 唔該

☞　感謝對方為你效勞，為你服務，給你幫忙。

☞　請求別人為你做事；或者想引起對方注意，聽你提出問題，可用"唔該"作開頭，作為請求的客套語。這相當於普通話的**"對不起"**或**"勞駕"**。

Ṁgōi, chéngmahn sáisáugāan hái bīndouh a? 唔該，請問洗手間喺邊度呀？　（對不起，請問洗手間在哪？）

> Ǹgōi, tùhng ngóh máaih yāthahp faahn, dāk m̀dāk a?
> 唔該，同我買一盒飯，得唔得呀？（對不起，請替我買一盒飯可以嗎？）

> Ǹgōi, fógei, màaihdāan.　唔該，伙記，埋單。　（伙記，請結賬。）

☞　"唔該晒" 是加強語氣，表示太感謝了。

dōjeh 多謝

☞　對別人的好意、讚賞、恭賀或饋送表示感謝。
☞　"多謝晒" 是加強語氣，表示太感謝了。

4　語音練習：難讀韻母（二）p、t、k

4.1　aap、ap

laahp	臘	lahp	立	laahpsaap	垃圾
jaahp	習	sahp	拾	lihnjaahp	練習
ngaap	鴨	gap	鴿	jāpsahp	執拾
taap	塔	jāp	汁	nāpdaht	凹凸
gaap	夾	gāp	急	sāplahplahp	濕立立

4.2　aat、at

chaat	擦	chāt	漆	faatdaaht	發達
maat	抹	bāt	筆	wahtdaht	核突
jaat	扎	jāt	質	waatgwaht	挖掘
kāat	咭	kāt	咳	jaatsaht	扎實
faat	髮	faht	佛	jíjaht	子姪

4.3　aak、ak

ngāak	扼	ngāk	厄		ngāaksaat	扼殺
jaak	窄	jāk	仄		saakchéui	索取
laak	嘞	lahk	勒		sākchē	塞車
haak	嚇	hāk	剋		maakdaaih	擘大
hāak	黑	mahk	墨		syúnjaahk	選擇

4.4　eut、ut

chēutseuht	出術	jēutjái	卒仔		fūnfut	寬闊
sēutjihk	率直	wuhtput	活潑		mutsaat	抹煞
sáuseuht	手術	bāaukwut	包括			
faatleuht	法律	muhtdoih	末代			

4.5　ip、it

yihp	頁	yiht	熱		douhhip	道歉
jip	接	jit	節		hitsīk	歇息
tip	貼	tit	鐵		dahkbiht	特別
lihp	獵	liht	烈		wúndihp	碗碟
chip	妾	chit	切		bītdihng	必定

4.6　ot、ok、uk

got	割	gok	各		mōkseuk	剝削
hot	喝	hok	殼		yìhmsūk	嚴肅
mohk	幕	muhk	木		séuhnglohk	上落
hohk	學	suhk	熟		gaijuhk	繼續
jūk	粥	sūk	宿		poksok	撲朔
jok	昨	pūk	仆		jūkgok	觸覺

4.7　euk、ek、ik

tēuikeuk	推卻	jīkjehk	織蓆	jāibīk	擠逼
dīudeuk	雕琢	sīksihk	識食	chigīk	刺激
cheukyuht	卓越	heikehk	戲劇	sīugihk	消極
buijek	背脊	sehksih	碩士	muhkdīk	目的

5　短語及句子練習

5.1　sīn 先

廣東話的 "先" 放在動詞之後，而普通話的 "先" 放在動詞前面。

Néih sihk sīn lā, m̀hóu dáng ngóh la.　你食先啦，唔好等我嘑。　（你先吃，不要等我。）
Néih heui wán wái sīn lā.　你去搵位先啦。　（你先去找個位子。）

有些情形 "先" 可用作疑問詞，帶有質疑性或反問性的意思。

Néih haih m̀haih m̀séung heui sīn? 你係唔係唔想去先？　（到底你是不是不想去呀？）——質疑性
Néih haih m̀haih chéng ngóh sihkfaahn sīn? 你係唔係請我食飯先？　（那你請不請我吃飯呢？）——反問性

5.2　béi 俾

廣東話的 "俾" 相當於普通話的 "給"，但句型有別。

作為動詞帶雙賓語的用法

Ngóh béi yāt baak mān néih.　我俾一百蚊你。　（我給你一百塊。）

Kéuih béi yātbún syū ngóh.　佢俾一本書我。　（他給我一本書。）

Ṁgōi, màhfàahn néih béi būi chàh ngóh. 唔該，麻煩你俾杯茶我。　（對不起，麻煩你給我一杯茶。）

作為介詞，相當於普通話的"被，讓"。

Gódī dímsām béi kéuih sihksaai la.　嗰啲點心俾佢食晒㗎。　（那些點心給他吃光了。）
Kéuih dī chín béi yàhn tāujó.　佢啲錢俾人偷咗。　（他的錢被偷了／給人偷了。）
Béi ngóh táiháh　俾我睇吓。　（讓我看看。）

作為介詞的其他用法

Kéuih dájó go dihnwá béi ngóh.　佢打咗個電話俾我。　（他給我打了個電話。）
Ṁgōi néih sé béi ngóh tái.　唔該你寫俾我睇。　（請你寫給我看。）
Góngbéi ngóh tēng lā!　講俾我聽啦！　（請你告訴我吧！／說給我聽，好嗎？）

5.3　ṁjí... 唔只……，juhng...tīm 仲……添

"唔只……，仲……添"句型相當於普通話的"不只……還……／不但……還……"

Kéuih ṁjíleng, juhng hóu chūngmìhng tīm. 佢唔只靚，仲好聰明添。　（她不但美麗，還挺聰明呢。）
Nīdouh dī yéh ṁjí hóusihk, juhng hóudái tīm. 呢度啲嘢唔只好食，仲好抵添。　（這裏的東西不只好吃，還很合算呢。）

5.4　語氣助詞：jē 啫、ja 咋、jàh 咋 及 tīm 添

jē 啫

"啫"相當於普遍話的"只是"、"才"、"只不過"、"罷了"，其作用表示事物程度低，數量少，或回應別人對你稱讚時的客套語氣。

> Nībún syū sahp mān jē, hóu pèhng a, máaih lā!
> 呢本書拾蚊啫，好平呀！買啦！　（這本書才拾塊，很便宜呀，買吧！）

> Ngóh hohkjó sāamgo yuht Gwóngdūngwá jē, góngdāk m̀haih géi hóu.
> 我學咗三個月廣東話啫，講得唔係幾好。　（我只學了三個月廣東話，講得不太好。）

ja 咋

"咋"跟"啫"作用相若，但"咋"或帶有不滿意的意思。

> Ngóh gāmyaht sihkjó yātwún mihn ja.
> 我今日食咗一碗麵咋！　（我今天才吃過一碗麵！）——表示還沒吃得夠

> Màhmā yātgo yuht béi ńghsahp mān lìhngyuhngchín ngóh ja.
> 媽媽一個月俾五十蚊零用錢我咋。　（媽媽一個月才給我五十塊零用錢。）

jàh 咋

"jàh 咋"是"jē 啫"或"ja 咋"和"àh 嗄"的合音。用於疑問句，質疑或不滿對方所説的話。

> Néih gāmyaht duhkjó sāam yihp syū jàh!
> 你今日讀咗三頁書咋！　（你今天才唸了三頁書麼！）——表示不滿意

> Ngóhdeih yáuh ńghgo yàhn, néih máaihjó sāamdihp dímsām jàh.　我哋有五個人，你買咗三
> 碟點心咋！　（我們有五個人，你才買了三碟點心麼！）——表示買得不夠

tīm 添

☞　表示添加的意思。有時跟副詞"再"一起用，加強語氣。

> Ngóh séung joi sihk yātdī tīm.　我想再食一啲添。　（我想再多吃一點。）

> Gógāan jáugā ge choi m̀jí chēutméng, juhng hóu dái tīm.
> 嗰間酒家嘅菜唔只出名，仲好抵添。　（那間酒家的菜，不只出名，還很便宜呢。）

☞　因事前不知或判斷錯誤而表示輕微的懊惱或責備。

> Ngóh m̀jī néih sīk dájih tīm.　我唔知你識打字添。　（我不知道你還會打字。）——意思是
> 如果我早就知道，我就不會做某些事

> M̀hóu yisi, ngóh m̀geidākjó tīm.
> 唔好意思，我唔記得咗添。　（不好意思，我忘了。）——自責

6　情景説話練習

1. Néihge tùhnghohk meih heuigwo gāaisíh, néih heuigwo la. Néih wahbéi kéuih tēng gāaisíh yáuh mātyéh maaih, choi, yuhk, yú, daaihkoi géidō chín yāt gān dóu.　你嘅同學未去過街市，你去過嘑。你話俾佢聽街市有乜嘢賣，菜、肉、魚，大概幾多錢一斤度。

2. Néih màhmā hóu gwajyuh néih, kéuih séung jīdou néih hái hohkhaauh sāngwuht ge chìhngyìhng, múihyaht sāam chāan (jóuchāan, ngaanjau, máahnfaahn) sihk mātyéh, hái bīndouh sihk. Néih dihnyàuh wahbéi kéuih tēng.　你媽媽好掛住你，佢想知道你喺學校生活嘅情形，每日三餐（早餐、晏晝、晚飯）食乜嘢，喺邊度食。你電郵話俾佢聽。

3. Néih tùhng yātbāan pàhngyáuh háidouh kīnggái, gónghéi Hēunggóng yáuh bīndī jáugā, chàhlàuh ge dímsām yauh pèhng yauh leng. Néih seuhnggo láihbaai heuigwo yātgāan chàhlàuh yámchàh. Néih wahbéi kéuihdeih tēng gó gāan chàhlàuh ge dímsām hóu m̀hóu sihk, géidō chín yātlùhng, mātyéh dímsām hóu sihk, haih m̀haih AA jai, múihgo yàhn yeukmók géidō chín dóu.　你同一班朋友喺度傾偈，講起香港有邊啲酒家，茶樓嘅點心又平又靚。你上個禮拜去過一間茶樓飲茶。你話俾佢哋聽嗰間茶樓嘅點心好唔好食，幾多錢一籠，乜嘢點心好食，係唔係 AA 制，每個人約莫幾多錢度。

4. Néih yìhgā hái nīgāan daaihhhohk duhksyū, sìhsìh heui faahntòhng sihkfaahn, yātdihng hóu chīngchó faahntòhng ge chìhngyìhng. Chéng néih mìuhseuhtháh faahntòhng haih dím ge, dímyéung máaihfaahn, sái m̀sái pàaihdéui, faaichāan yáuh mātyéh, dángdáng.　你而家喺呢間大學讀書，時時去飯堂食飯，一定好清楚飯堂嘅情形。請你描述吓飯堂係點嘅、點樣買飯、使唔使排隊、快餐有乜嘢，等等。

5. Chéng néih wahbéi tùhnghohk tēng, néih gāhēung ge yámsihk jaahpgwaan haih dím ge.　請你話俾同學聽，你家鄉嘅飲食習慣係點嘅。

出街買嘢

1 課文

耶魯拼音	廣東話	普通話
Laih-yīng dá dihnwá yeuk Síu-yin heui hàahnggāai máaihyéh, dihnwá héung la, Síu-yin jip dihnwá.	麗英打電話約小燕去行街買嘢，電話響㗎，小燕接電話。	麗英打電話約小燕去逛街買東西，電話響了，小燕接電話。
Síu-yin:	小燕：	
Wái, wán bīn wái a?	喂，搵邊位呀？	喂，找誰呀？
Laih-yīng:	麗英：	
M̀gōi néih wán Síu-yin tēng dihnwá.	唔該你搵小燕聽電話。	麻煩你找小燕聽電話。
Síu-yin:	小燕：	
Ngóh haih la, néih haih Laih-yīng àh? Mātyéh sih a?	我係㗎，你係麗英啊？乜嘢事呀？	我就是呀，你是麗英嗎？有甚麼事呀？
Laih-yīng:	麗英：	
Ngóh séung yeuk néih tùhng Bóu-jān yātchàih heui hàahnggāai máaihyéh, tēnggóngwah Tùhnglòhwāan dī yéh yauh pèhng yauh leng, néih géisìh dākhàahn a?	我想約你同寶珍一齊去行街買嘢，聽講話銅鑼灣啲嘢又平又靚，你幾時得閒呀？	我想約你跟寶珍一塊兒去逛街買東西，聽説銅鑼灣的東西又便宜又好，你甚麼時候有空啊？
Síu-yin:	小燕：	
Ngóh nīgo láihbaai háauyùhn síh, m̀sái gam kàhnlihk wānjaahp duhksyū, hóyíh hīngsūngháh! Bātyùh hahgo láihbaailuhk ā, hóu ma? Néih sīk m̀sīk dím heui a?	我呢個禮拜考完試，唔使咁勤力溫習讀書，可以輕鬆吓！不如下個禮拜六吖，好嗎？你識唔識點去呀？	我這個禮拜六考完試之後，不用那麼用功複習，可以輕鬆一下！不如下個禮拜六，好嗎？你知道怎樣去嗎？

耶魯拼音	廣東話	普通話
Laih-yīng: Ngóh sīk dím heui, hái nīdouh chóh fóchē heui Gáulùhngtòhng, joi hái Gáulùhngtòhng jyun deihtit heui Tùhnglòhwāan. Waahkjé chóh fóchē heui Hùhngham júngjaahm, joi chóh seuihdouh bāsí gwohói.	麗英： 我識點去，喺呢度坐火車去九龍塘，再喺九龍塘轉地鐵去銅鑼灣。或者坐火車去紅磡總站，再坐隧道巴士過海。	我知道怎樣去，在這裏坐火車到九龍塘，再在九龍塘轉乘地鐵到銅鑼灣。或者坐火車到紅磡，再坐隧道巴士過海。
Síu-yin: Gám, ngóhdeih géi dímjūng gin a? Hái bīndouh dáng a?	小燕： 噉，我哋幾點鐘見呀？喺邊度等呀？	那，我們幾點鐘見面啊？在哪兒等啊？
Laih-yīng: Hahgo láihbaailuhk seuhngjau sahpdím bun, hái Daaihhohk fóchējaahm ge sauhpiuchyu chìhnmihn dáng lā! Ngóh wúih yeuk Bóu-jān, giu kéuih làih ngóh sūkse sīn, jīhauh ngóh tùhng kéuih joi yātchàih heui fóchējaahm.	麗英： 下個禮拜六上晝十點半，喺大學火車站嘅售票處前面等啦！我會約寶珍，叫佢嚟我宿舍先，之後我同佢再一齊去火車站。	下個禮拜六上午十點半，在大學火車站的售票處前面等吧！我會約寶珍，叫她先到我宿舍，然後我跟她再一起去火車站。
Síu-yin: Gám, hóu lā, haih gám wah lā! Dousìh gin, bāaibaai.	小燕： 噉，好啦，係噉話啦！到時見，拜拜！	那好吧，就這樣吧！到時候見，拜拜！
Kéuihdeih hái Tùhnglòhwāan hàahnggán gāai.	佢哋喺銅鑼灣行緊街。	他們正在銅鑼灣逛街。
Síu-yin: Wa! Nītìuh gāai hóu wohng bo! Jānhaih hóu dō yéh maaih laak. Hóujoih ngóh yātjóu jauh sédāi yiu máaih ge yéh, hóyíh maahnmáan tái.	小燕： 嘩！呢條街好旺噃！真係好多野賣嘞。好在我一早就寫低要買嘅野，可以慢慢睇。	嘩！這條街這麼熱鬧！東西真不少，幸虧我早就把要買的東西寫下來了，可以慢慢看。
Bóu-jān: Néih séung máaih mātyéh a?	寶珍： 你想買乜野呀？	你想買甚麼呀？
Síu-yin: Ngóh séung máaih dī sáuseun.	小燕： 我想買啲手信。	我想買一些紀念品。

耶魯拼音	廣東話	普通話
Laih-yīng: Nīdouh yauh dō yàhn yauh chòuh yauh bīk, néihdeih yiu síusām jihgéi ge ngàhnbāau a! Béi pàhsáu pàhjó jauh cháam la. Wánjahndī, hóudī.	麗英： 呢度又多人又嘈又迫，你哋要小心自己嘅銀包呀！俾扒手扒咗就慘嘑。穩陣啲，好啲。	這裏人又多又吵又擠，你們要小心自己的錢包啊！給小偷偷了就糟糕了。小心點好。
Síu-yin: Jīdou la. Wai, néihdeih tái, nīdī kātūng yàhnmát gūngjái tùhng hùhngjái hóu dākyi a! Ngóh hóu jūngyi, nīdī gūngjái, yìhgā hóu hīng ga.	小燕： 知道嘑。喂，你哋睇，呢啲卡通人物公仔同熊仔好得意呀！我好鍾意，呢啲公仔，而家好興㗎。	知道了。哎，你們看，這些卡通人物毛絨玩具跟小熊真可愛！我蠻喜歡的，這些毛絨玩具，現在很流行。
Bóu-jān: Haih mē? Yìhgā hóu hīng gàh?	寶珍： 係咩？而家好興㗎？	是嗎？現在很流行嗎？
Síu-yin: Haih a. Néih wah máaih dī daaifāanheui sungbéi pàhngyáuh, hóu m̀hóu a?	小燕： 係呀。你話買啲帶返去送俾朋友，好唔好呀？	是呀。你說買一些帶回去送給朋友，好嗎？
Laih-yīng: Dōu géi hóu gé! Táingāam sīnji máaih lā!	麗英： 都幾好嘅！睇啱先至買啦！	那也不錯！看中再買吧！
Síu-yin: Nīdong dī gūngjái dahkbiht leng bo! Lóuhbáan, dī gūngjái géidō chín yātgo a?	小燕： 呢檔啲公仔特別靚啵！老闆，啲公仔幾多錢一個呀？	這攤上的毛絨玩具特別好看！老闆，這些娃娃多少錢一個？
Lóuhbáan: Baatsahp māan yātgo.	老闆： 八十蚊一個。	八十塊錢一個。
Síu-yin: Mēyéh wá? Dímgáai gam gwai gé? Hái bīndouh jouh ga?	小燕： 咩嘢話？點解咁貴嘅？喺邊度做㗎？	甚麼？為甚麼那麼貴的呢？在哪兒做的？

耶魯拼音	廣東話	普通話
Lóuhbáan: Síujé, nīdī haih Yahtbún jouh ga! Jingpàaihfo a! Néih táiháh, dī sáugūng hóu jīngji ga!	老闆： 小姐，呢啲係日本做㗎！正牌貨呀！你睇吓，啲手工好精緻㗎！	小姐，這些是日本做的！是真貨來的！你仔細看一下，手工很精細的！
Síu-yin: Haih bo, jānhaih géi leng bo! Gám lā, lóuhbáan, yātbaak nghshahp mān sāamgo lā.	小燕： 係嘑，真係幾靚嘑！噉啦，老闆，一百五十蚊三個啦。	對呀，真的挺不錯！就這樣吧，老闆，一百五十塊三個吧。
Lóuhbáan: Síujé, néih gam sīk fo, m̀hóu tùhng ngóh góngga la, jeui pèhng yātbaak baatsahp mān sāamgo.	老闆： 小姐，你咁識貨，唔好同我講價嘑，最平一百八十蚊三個。	小姐，你真有眼光，別跟我講價，最便宜也得一百八十塊錢三個吧。
Síu-yin: Gám, hóu lā, ngóh máaih lā.	小燕： 噉，好啦，我買啦。	那，好吧，我買吧。
Lóuhbáan: Dōjehsaai.	老闆： 多謝晒。	謝謝。

2   詞語

	耶魯拼音	廣東話	普通話	English
1	wán bīn wái a?	搵邊位呀？	找誰呀？	Who are you looking for?
2	géisìh	幾時	甚麼時候	when
3	pèhng	平	便宜	cheap
4	heui Gáulùhngtòhng	去九龍塘	到九龍塘去	go to Kowloon Tong

	耶魯拼音	廣東話	普通話	English
5	wānjaahp	溫習	複習	study, revise
6	daahnhaih	但係	可是	but
7	dím heui	點去	怎樣去	how to get there
8	gám	噉	那麼	then, well, in this case
9	làih sūkse	嚟宿舍	到宿舍來	come to the dormitory
10	jīhauh	之後	以後	afterwards
11	haih gám wah lā	係噉話啦	就這樣吧	alright then, let's settle at this, let's leave it like this
12	dousìh gin	到時見	到時候見	see you then
13	wohng	旺	熱鬧 / 興旺	busy, popular, prosperous
14	hóujoih	好在	幸虧	luckily
14.1	hóuchói	好彩		luckily, lucky
15	yātjóu	一早	早就 / 一大早	do it beforehand, very early
16	sédāi	寫低	寫下（來）	write down
17	sáuseun	手信	禮物 / 紀念品	souvenir
18	dōyàhn	多人	人很多	a lot of people
19	chòuh	嘈	吵	noisy
20	bīk	逼	擁擠	crowded, packed
21	ngàhnbāau	銀包	錢包	wallet
22	béi pàhsáu pàhjó	俾扒手扒咗	被小偷偷了	stolen by a pickpocket
23	cháam	慘	可憐 / 糟糕	too bad, tragic, poor you
24	wánjahn	穩陣	保險 / 安全	secure

		耶魯拼音	廣東話	普通話	English
25		gūngjái	公仔	娃娃／毛絨玩具	doll
26		hùhngjái	熊仔	小熊	teddy bear
27		dākyi	得意	可愛／有趣	cute, interesting
28		hīng	興	流行	popular, trendy
29		ga	㗎		fusion of 'ge' and 'a'
30		gàh	㗎		fusion of 'ge' and 'àh '
31		haih mē?	係咩？	是嗎？／真的？	Really?
32		néih wah…	你話……	你説……	do you think…
33		daaifāanheui	帶返去	帶回去	bring back
34		gé	嘅		sentence final particle expressing comment, fusion of 'ge' and 'mē'
35		ge	嘅	的	modifying particle, sentence final particle for information one is sure about
36		ngāam	啱	對／合適	right, suitable
36.1		ngāamngāam	啱啱	剛剛／剛才	just
36.2		táingāam	睇啱	看中	found the right one
37		sīnji	先至	才	not until
38		géidō chín	幾多錢	多少錢	how much
39		mātyéh wá?	乜嘢話？	甚麼？／你説甚麼呀？	Pardon! What did you say?
40		dímgáai	點解	為甚麼	why
41		gám lā	噉啦	那就這樣吧	well, then

3 附加詞彙

3.1 疑問代詞：**bīn** 邊、**dím** 點、**géi** 幾 及 **mātyéh** 乜嘢

廣東話與普通話的疑問代詞對照如下：

耶魯拼音	廣東話	普通話
bīngo	邊個	誰
bīndouh	邊度	哪裏
dímgáai	點解	為甚麼
dím (yéung)	點（樣）	怎樣／怎麼樣／怎麼
géidō	幾多	多少
géigōu	幾高	多高
géinoih	幾耐	多久
géisìh	幾時	甚麼時候
māt (yéh)	乜（嘢）	甚麼
mē (yéh)	咩（嘢）	甚麼

☞ **bīngo** 邊個

> Néih tùhng bīngo yātchàih heui a? 你同邊個一齊去呀？（你跟誰一起去？）

☞ **bīndouh** 邊度

> Chéngmahn sáisáugāan hái bīndouh a? 請問洗手間喺邊度呀？（請問洗手間在哪？）

☞ **dímgáai** 點解

> Néih dímgáai m̀ jouh gūngfo a? 你點解唔做功課呀？（你為甚麼不做功課？）

☞　**dím (yéung)** 點（樣）

> Néih séung dím a?　你想點呀？　（你想怎麼樣？）

☞　**géidō** 幾多

> Hahmbaahnglaahng géidō chín a?　冚唪唥幾多錢呀？　（一共多少錢？）

☞　**géigōu** 幾高

> Kéuih yáuh géigōu a?　佢有幾高呀？　（他有多高？）

☞　**géinoih** 幾耐

> Néih hohkjó Gwóngdūngwá géinoih a?　你學咗廣東話幾耐呀？　（你學了廣東話多久？）

☞　**géisìh** 幾時

> Néih géisìh dākhàahn a?　你幾時得閒呀？　（你甚麼時候有空？）

☞　**māt (yéh)** 乜（嘢）/ **mē (yéh)** 咩（嘢）

> Yáuh mātyéh sih a?　有乜嘢事呀？　（有甚麼事呀？）

　　疑問代詞可轉化成泛指代詞，跟普通話一樣，例如：

耶魯拼音	廣東話	普通話
Ngóh mātyéh dōu m̀jī.	我乜嘢都唔知。	我甚麼都不知道。
Ngóh géisìh dōu dāk.	我幾時都得。	我甚麼時候都可以。
Kéuih séung dím dōu dāk.	佢想點都得。	他想怎樣都可以。

3.2　方位指示詞：**...bihn/mihn** ⋯⋯便／面、**...bīn** ⋯⋯邊 及 **gaaklèih** 隔籬

廣東話的方位詞一般都加上方位詞尾 "bihn 便" 或 "mihn 面"。

耶魯拼音	廣東話	普通話
seuhngbihn / mihn	上便／面	上邊／面
hahbihn / mihn	下便／面	下邊／面
chìhnbihn / mihn	前便／面	前邊／面
hauhbihn / mihn	後便／面	後邊／面
jó (sáu) bihn	左（手）便	左邊／面
yauh (sáu) bihn	右（手）便	右邊／面
chēutbihn / mihn	出便／面	外邊／面
ngoihbihn / mihn	外便／面	外邊／面
yahpbihn / mihn	入便／面	裏邊／面
léuihbihn / mihn	裏便／面	裏邊／面
gaaklèih	隔籬	隔壁
pòhngbīn	旁邊	旁邊
deuimihn	對面	對面
hōibihn	開便	外邊兒，靠外
màaihbihn	埋便	裏邊兒，靠裏
dūng, nàahm, sāi, bāk bihn	東、南、西、北便	東、南、西、北邊
bīnbihn?	邊便？	哪邊？

名詞加上方位指示詞，例如：

耶魯拼音	廣東話	普通話
làuhseuhng	樓上	樓上
làuhhah	樓下	樓下
fóng léuihbihn	房裏便	房間裏
syū léuihbihn	書裏便	書上
fóchējaahm chìhnbihn	火車站前便	火車站前邊
chē seuhngbihn	車上便	車上
deihtit léuihbihn	地鐵裏便	地鐵裏

3.3　動詞補語：V dāi 低

"V 低" 這個動詞補語，相當於普通話的 "下" 或 "下來"。

耶魯拼音	廣東話	普通話
sédāi	寫低	寫下來
geidāi	記低	記下來
làuhdāi	留低	留下
chóhdāi	坐低	坐下
fongdāi	放低	放下
jāidāi	擠低	放下

但 "V 低" 這個廣東話動詞補語，有時跟普通話的說法不同。

Néih yáuh mātyéh sih wán kéuih, chéng góngdāi lā.
你有乜嘢事搵佢，請講低啦。　（你有甚麼事找他，可以告訴我，我轉告他。）

Ngóh lauhdāijó bún syū hái hohkhaauh.　我漏低咗本書喺學校。　（我的書落在學校了。）

Néih làuhdāi nībún syū béi ngóh lā, ngóh yiu tái ga.
你留低呢本書俾我啦，我要睇㗎。　（你別把書拿走，我要看。）

Néih m̀hóu táidāi deuisáu a, síusām béi kéuih dádāi néih a.
你唔好睇低對手呀，小心俾佢打低你呀。　（你別輕看 / 小看對手呀，小心被他打敗。）

Kéuih cháaidāi yàhn / bíndāi yàhn, tòihgōu jihgéi.
佢踩低人 / 貶低人，抬高自己。　（他貶低別人，抬高自己。）

3.4　ngāam 啱

表示正確、肯定，相當於普通話的 "對"。

"Ngóh góngdāk ngāam m̀ngāam a?" "Ngāam."
"我講得啱唔啱呀？" "啱。"　（"我說得對不對？" "對。"）

Néih ge faatyām m̀ngāam.　你嘅發音唔啱。　（你的發音不對。）

表示合適，適合的意思。

Nīgihn sāam m̀ngāam ngóh.	
呢件衫唔啱我。 （這件衣服不適合我。）	

Kéuih jyú ge sung hóu ngāam ngóh háumeih.
佢煮嘅餸好啱我口味。 （他煮的菜挺合我的口味。）

重疊作為副詞時，相當於普通話的"剛剛"、"正好"。

Kéuih ngāamngāam jáu jó.
佢啱啱走咗。 （他剛剛離開了。）

Ngāam laak, ngóh ngāamngāam séung wán néih.
啱嘞，我啱啱想搵你。 （對啦，我正想找你呢。）

作為形容詞，表示巧遇，或剛好與時間吻合，相當於普通話的"恰巧"。

Gam ngāam a! Hái nīdouh johngdóu néih. Néih heui bīn a?
咁啱呀！喺呢度撞倒你。你去邊呀？ （那麼巧！在這裏碰到你，你上哪？）

Māt gam ngāam a! Yāt góng Chòuh Chōu, Chòuh Chōu jauh dou.
乜咁啱呀！一講曹操，曹操就到。 （真巧！說曹操，曹操就到。）

4 語音練習：難讀韻母（三）m、n、ng

4.1 aam、aan

jaahm	站	jaahn	賺		dāamsām	擔心	
nàahm	男	nàahn	難		dāansān	單身	
cháam	慘	cháan	剷		hàahmtáahm	鹹淡	
tàahm	痰	tàahn	彈		jáamngáahn	眨眼	
jaam	斬	jaan	讚		gáandāan	簡單	

4.2 am、an

sām	心	sān	新	yānyàhn	恩人
jām	斟	jān	真	sānyàhm	呻吟
chàhm	尋	chàhn	塵	sānyahn	身孕
yàhm	淫	yàhn	人	tàuhwàhn	頭暈
yām	音	yān	因	hàhmhahn	含恨

4.3 aang、ang

ngaahng	硬	jahng	贈	sāangmáahng	生猛
jāang	爭	jāng	增	sāngwuht	生活
cháang	橙	chàhng	層	hàhngsāng	恒生
màahng	盲	màhng	盟	jānghahn	憎恨
kwāang	框	hāng	亨	hahngfūk	幸福

4.4 eng、ing

sēng	聲	sīng	升	jīngsàhn	精神
hēng	輕	hīng	興	wíhnghàhng	永恆
pèhng	平	pìhng	平	mìhnggeng	明鏡
géng	頸	gíng	景	yīngsìhng	應承
dehng	訂	dihng	定	nìhngjihng	寧靜

4.5 on、ong

gón	趕	góng	講	lohktòhng	落堂
gōn	乾	gōng	江	gongchòhng	鋼牀
hón	罕	hóng	慷	bōngmòhng	幫忙
hòhn	韓	hòhng	航	honggōn	烘乾
hohn	汗	lohng	浪	gūhòhn	孤寒

4.6　ung、eung

jūng	中	jeung	漲	pungsēung	碰傷
sung	送	séung	相	tùhngjeuhng	銅像
luhng	弄	leuhng	量	chúhngséung	重賞
sūng	鬆	chéung	搶	sèuhngyuhng	常用
yúng	擁	yéung	樣	fūngheung	風向

4.7　un、eun、yun

gun	罐	jeun	進	yúnjyún	婉轉
fūn	歡	jēun	樽	tyùhnyùhn	團圓
chéun	蠢	gyún	卷	buhnlyuhn	叛亂
gūn	觀	gyūn	捐	chēungyún	春卷
nyúhn	暖	sèuhn	唇	syūnchyùhn	宣傳

4.8　im、in

gīm	兼	gīn	堅	gímyihm	檢驗
dím	點	dín	典	jihmbin	漸變
hīm	謙	hīn	牽	yīmjīm	醃尖
chīm	簽	chīn	千	tóuyim	討厭
tìhm	甜	tìhn	田	chìhnmìhn	纏綿

5　短語及句子練習

5.1　趨向動詞：**làih** 嚟、**heui** 去 及 **fāan** 返

"làih 嚟"、"heui 去" 的句型在廣東話和普通話中稍有不同，例如：

耶魯拼音	廣東話	普通話
làih hohkhaauh	嚟學校	到學校來 / 來學校
làih ngóh ngūkkéi	嚟我屋企	到我家來 / 來我家
heui Bākgīng	去北京	到北京去 / 去北京
heui kéuihdouh	去佢度	到他那裏去 / 去他那裏
fāan sūkse	返宿舍	回宿舍
fāan ngūkkéi	返屋企	回家

5.2　趨向補語：**làih** 嚟、**heui** 去 及 **fāan** 返

簡單趨向補語，例如：

耶魯拼音	廣東話	普通話
séuhnglàih	上嚟	上來
lohklàih	落嚟	下來
chēutlàih	出嚟	出來
yahplàih	入嚟	進來
séuhngheui	上去	上去
lohkheui	落去	下去
chēutheui	出去	出去
yahpheui	入去	進去
fāanlàih	返嚟	回來
fāanheui	返去	回去

動詞加上趨向補語，例如：

耶魯拼音	廣東話	普通話
chóhmàaihlàih ngóhdouh	坐埋嚟我度	坐過來我旁邊
jáuyahplàih fóng léuihbihn	走入嚟房裏便	跑進房間來
kéihchēutlàih ngoihbihn	企出嚟外便	站到外邊來
būnyahpheui fóng léuihbihn	搬入去房裏便	搬進房間裏
chóhhōiheui gódouh	坐開去嗰度	坐到那邊去
hàahngséuhngheui làuhseuhng	行上去樓上	走到樓上去
Jáuchēutheui ngoihbihn	走出去外便	跑到外邊去
kéihgwoheui gódouh	企過去嗰度	站過去
lófāanlàih ngūkkéi	攞返嚟屋企	拿回家裏來
daaifāanheui sūkse	帶返去宿舍	帶回宿舍去

趨向動詞加上程度補語，例如：

耶魯拼音	廣東話	普通話
chóhgwodī	坐過啲	坐遠一點
chóhmàaihdī	坐埋啲	坐近一點
hàahngchēutdī	行出啲	往外走 / 往前走一點
hàahnghōidī	行開啲	走遠一點
kéihyahpdī	企入啲	站進來一點

5.3　語氣副詞：sīnji 先至 / ji 至 / sīn 先

廣東話的 "先至 / 至 / 先" 相當於普通話的 "才" 或 "再"。

Ngóh háauyùhnsíh sīnji heui hàahnggāai.　我考完試先至去行街。（我考完了試才去逛街。）
Néih dākhàahn sīn tùhng ngóh jouh lā.　你得閒先同我做啦。　（你有空才幫我做吧。）
Ngóh yáuhchín sīnji chéng néih sihkfaahn.　我有錢先至請你食飯。（我有錢才請你吃飯。）
Ngóh kàhmmáahn léuhngdím ji jouhyùhn gūngfo. 我噚晚兩點至做完功課。　（我昨天晚上兩點才做完功課。）

5.4　jái 仔

　　廣東話的“仔”作為後綴時，詞義和作用甚廣，舉例如下：

詞義／作用	耶魯拼音	廣東話	普通話
表示幼小動物	gáujái	狗仔	小狗
	jeukjái	雀仔	小鳥
	gāijái	雞仔	小雞
表示較小的物體	yīnjái	煙仔	香煙
	dōujái	刀仔	刀子
	yíhjái	耳仔（用具耳狀物）	手柄
	yíhjái	耳仔（器官）	耳朵
	syùhjái	薯仔	土豆兒
	sáugānjái	手巾仔	手帕
對晚輩稱謂	syūnjái	孫仔	孫子
	jahtjái	姪仔	姪子
	káuhjái	舅仔	小舅
	yījái	姨仔	小姨
其他	Jēungjái	張仔	小張
	Mìhngjái	明仔	小明
	dágūngjái	打工仔	工薪族
	hohksījái	學師仔	學徒
	chaahkjái	賊仔	小偷
	bìhbījái	啤啤仔	嬰兒
	gújái	古仔	故事
	sihjái	侍仔	侍應

　　廣東話的"仔"作為名詞，相當於普通話的"兒子"、"男孩"，而"女"相當於普通話"女兒"、"女孩子"。

耶魯拼音	廣東話	普通話
jái	仔	兒子
nàahmjái	男仔	男孩子
néui	女	女兒
néuihjái	女仔	女孩子
jáinéui	仔女	兒女
saimānjái/sailouhjái	細蚊仔 / 細路仔	小孩子

　　當"仔"、"女"或"妹"作為後綴時，亦可表示帶有某種特點或特徵的人物：

耶魯拼音	廣東話	耶魯拼音	廣東話	普通話
ngáijái	矮仔	ngáimūi	矮妹	矮子
síngmuhkjái	醒目仔	síngmuhknéui	醒目女	小機靈
fèihjái	肥仔	fèihmūi	肥妹	小胖子
lengjái	靚仔	lengnéui	靚女	帥哥 / 美女
sēuijái	衰仔	sēuinéui / mūi	衰女 / 妹	小壞蛋、不肖子 / 女
hauhsāangjái	後生仔	hauhsāangnéui	後生女	小伙子 / 姑娘
seingáahnjái	四眼仔	seingáahnmūi	四眼妹	小四眼兒
saigaaijái	世界仔	saigaainéui	世界女	吃得開的人
lēkjái	叻仔	lēknéui	叻女	能幹的年輕人
suhkhaakjái	熟客仔			老主顧
fēijái	飛仔	fēinéui	飛女	流裏流氣的男 / 女青年
gúwaahkjái	蠱惑仔	gúwaahkmūi	蠱惑妹	小滑頭、小混混

5.5　語氣助詞：**ge** 嘅、**gé** 嘅、**ga** 㗎、**gàh** 㗎 及 **mē** 咩

ge 嘅

　　"ge"用法是對對方的說話表示認同或贊同；或對事情表示有信心，有把握。

> Haih ge, haih ge. Néih góngdāk ngāam ge.
> 係嘅，係嘅。你講得啱嘅。　（是的，是的。你說得對呀。）

Fongsām lā! Ngóh m̀wúih m̀ geidāk ge. 放心啦！我唔會唔記得嘅。　（放心好啦！我一定不會忘記的。）
Kéuih yātdihng wúih làih ge, néih dáng dō yātjahn lā. 佢一定會嚟嘅，你等多一陣啦。　（他一定會來的，你多等一會兒吧。）

gé 嘅

"gé" 從 "ge" 這個語氣助詞的聲調變化出來。用法是以温和語調表示對事情肯定；或認同對方的説話，帶有頓然領悟的意思。

Haih gé, néih gám góng dōu ngāam gé. 係嘅，你噉講都啱嘅。　（是的，你這樣説也對呀。）
Seun ngóh lā, ngóh m̀wúih ngāak néih gé. 信我啦，我唔會呃你嘅。　（信我吧，我不會騙你的。）
Móuh yàhn jī wúih gáausìhng / gáausèhng gám gé. 無人知會搞成噉嘅。　（沒有人想到會弄成這個樣子的呀。）

"gé" 亦可用作非問句和特指問句，表示不可理解或不大相信，有時也帶責怪或驚訝的意思。

Néih gam chìh gé, heuijó bīndouh a? 你咁遲嘅，去咗邊度呀？　（怎麼這麼晚呢？你上哪兒去呀？）
Néih dōu sòh gé, gám dōu seun gé.　你都傻嘅，噉都信嘅。　（你這麼傻，這種事你也信。）
Nī fūk wá haih néih waahk gé?　呢幅畫係你畫嘅？　（這幅畫是你畫的嗎？）
Māt gam gwai gé!　乜咁貴嘅！　（怎麼這麼貴呀！）

ga 㗎

"ga" 是 "ge" 和 "a" 的合音。表示説話的人對自己的意見或提議更肯定。

Nī bún syū yìhgā hóu cheungsīu ga.　呢本書而家好暢銷㗎。　（這本書現在是很暢銷的。）

Dākhàahn gójahnsìh hàahnghàhgāai, yámhàhchàh dōu géi hīngsūng ga. 得閒嗰陣時，行吓街，飲吓茶都幾輕鬆㗎。（有空的時候，逛逛街，喝杯茶是蠻輕鬆的。）
Nī jēung boují haih gāmyaht ga.　呢張報紙係今日㗎。　（這張報紙是今天的。）

"ga" 也有加強語氣的作用。

Haih m̀haih ga?　係唔係㗎？　（是真的嗎？）
Dímgáai gám ga?　點解噉㗎？　（為甚麼這樣呢？）

gàh 㗎

"gàh" 是 "ge" 和 "àh" 的合音。説話的人知悉某事與自己的看法有異時，發出帶疑問的語氣，表示詫異或醒悟。

Wa! Néih bouh sáugēi gam gwai gàh?! 嘩！你部手機咁貴㗎？！　（嘩，原來你的手機那麼貴呀！）
Nī bún syū haih néih gàh?! 呢本書係你㗎？！（這本書是你的嗎？！）
Mēyéh wá? Yiu jihgéi béichín gàh! 咩嘢話？要自己俾錢㗎！　（你説甚麼？（原來）要自己付錢的麼！）

mē 咩

"mē" 是疑問語氣詞。用於非問句，回應對方的説話，或得悉某事後表示驚訝，或帶疑問的語氣。

Haih mē?! Jānhaih mē?! 係咩？！真係咩？！　（真的嗎？是真的嗎？）
Haih mē? Gāmyaht haih néihge sāangyaht mē? 係咩？今日係你嘅生日咩？　（是嗎？今天是你的生日嗎？）
Néih tīngyaht m̀dākhàahn mē? 你聽日唔得閒咩？　（你明天沒空嗎？）

Néih m̀ jūngyi mē?

你唔鍾意咩？ （你不喜歡嗎？）

Néih m̀jī mē?

你唔知咩？ （你不知道嗎？）

☞　"mè"，變成高降調，表示不同意或反駁，指出對方的不對，有教訓的語氣。

Néih chīsin mè, máaih gam dō yéh!

你黐線咩，買咁多嘢！ （你瘋了嗎？買那麼多東西！）

Néih gwo máhlouh m̀tái chē, néih séung séi mè!

你過馬路唔睇車，你想死咩！ （你過馬路不看車，你不想活了！）

6　情景說話練習

1.　Néih dádihnwá yeuk pàhngyáuh heui hàahnggāai, daahnhaih dihnwá meihnàhng jiptūng, néih yiu làuhyìhn. Yìhgā chéng néih wahbéi kéuih tēng, hái bīndouh dáng, géidímjūng gin, heui bīndouh, dímyéung heui dángdáng.　你打電話約朋友去行街，但係電話未能接通，你要留言。而家請你話俾佢聽，喺邊度等、幾點鐘見、去邊度、點樣去等等。

2.　Hái Hēunggóng, Wohnggok waahkjé Tùhnglòhwāan dōu yáuh hóudō yauh pèhng yauh leng ge yéh maaih. Néih ge pàhngyáuh meih heuigwo. Sóyíh, chéng néih gaaisiuh kéuih heui yātgo deihfōng máaihyéh / máaih sáuseun. Wahbéi kéuih tēng, gódouh yáuh mātyéh maaih, dím heui, yiu dímyéung síusām dī pàhsáu, dímyéung góngga.　喺香港，旺角或者銅鑼灣都有好多又平又靚嘅嘢賣。你嘅朋友未去過。所以，請你介紹佢去一個地方買嘢／買手信。話俾佢聽，嗰度有乜嘢賣、點去、要點樣小心啲扒手、點樣講價。

3.　Kàhmyaht láihbaaiyaht, néih heui hàahnggāai, séung máaih yātfahn sāangyaht láihmaht, daahnhaih, jeuihauh dōu móuh máaihdou. Yìhgā, chéng néih wahbéi néih ge tùhnghohk tēng, dímgáai móuh máaihdou, hái gógāan poutáu faatsāng mātyéh sih.　噚日禮拜日，你去行街，想買一份

生日禮物，但係，最後都有買到。而家，請你話俾你嘅同學聽，點解有買到，喺嗰間舖頭
發生乜嘢事。

4. Néih máaihjó géi yeuhng sáuseun sungbéi pàhngyáuh, néih wahbéi tùhnghohk tēng hái bīndouh
máaih, máaihjó mātyéh, géidō chín, sái m̀sái góngga.   你買咗幾樣手信送俾朋友，你話俾同
學聽喺邊度買、買咗乜嘢、幾多錢、使唔使講價。

5. Néih hái yàhndō yauh bīk yauh chòuh ge deihfōng máaihyéh, m̀síusām béi pàhsáu pàhjó
ngàhnbāau. Néih heui bougíng. Yìhgā wahbéi gíngchaat tēng: 1. néih ge méng, 2. sānfánjing
houhmáh, 3. hái bīndouh faatgok m̀ginjó ngàhnbāau, gójahnsìh jouhgán mātyéh, 4. jī m̀jī géisìh
m̀gin, 5. ngàhnbāau léuihbihn yáuh mātyéh.   你喺人多又逼又嘈嘅地方買嘢，唔小心俾扒手
扒咗銀包。你去報警。而家話俾警察聽：1. 你嘅名，2. 身份證號碼，3. 喺邊度發覺唔見
咗銀包，嗰陣時做緊乜嘢，4. 知唔知幾時唔見，5. 銀包裏便有乜嘢。

第5課 談娛樂消遣

1 課文

耶魯拼音	廣東話	普通話
Tīngyaht haih gakèih, m̀sái fāanhohk, Bóu-jān, Jí-mìhng tùhng Gā-lèuhng séuhng Gwóngdūngwá tòhng jīchìhn, chan sīnsāang meih làih, jauh kīnghéi tīngyaht yáuh mātyéh dásyun.	聽日係假期，唔使返學，寶珍、子明同家良上廣東話堂之前，趁先生未嚟，就傾起聽日有乜嘢打算。	明天是假期，不用上學，寶珍、子明跟家良上廣東話課前，趁老師還沒來，就談起明天有甚麼打算。
Bóu-jān: Tīngyaht fongga wo! Néihdeih dásyun làuhhái sūkse dihnghaih chēutgāai wáan a?	**寶珍：** 聽日放假喎！你哋打算留喺宿舍定係出街玩呀？	明天放假了！你們打算留在宿舍還是上街逛逛？
Jí-mìhng: Móuh sówaih! Chēutgāai wáan yauh dāk, hái sūkse jāpháh yéh, dáháh gēi yauh dāk, Bóu-jān néih nē?	**子明：** 冇所謂！出街玩又得，喺宿舍執吓嘢，打吓機又得，寶珍你呢？	都可以！逛街也行，在宿舍收拾東西，打打遊戲也行，寶珍你呢？
Bóu-jān: Ngóh wúih chēutgāai gwa! Yānwaih nī géi yaht tīnhei hóuchíh géi hóu, ngóh séung heui wihngchìh waahkjé sātāan yàuhséui.	**寶珍：** 我會出街啩！因為呢幾日天氣好似幾好，我想去泳池或者沙灘游水。	我會上街吧！因為這幾天天氣好像不錯，我想去游泳池或者海邊游泳。
Jí-mìhng: Néih pìhngsìh géinoih yàuh yātchi séui ga?	**子明：** 你平時幾耐游一次水㗎？	你平常多久去一次游泳呢？
Bóu-jān: Ngóh múihgo láihbaai yàuh yātchi lō!	**寶珍：** 我每個禮拜游一次囉！	我一個禮拜去一次呀！

耶魯拼音	廣東話	普通話
Gā-lèuhng: Haih mē! Gam ngāam gé! Ngóh dōu hóu jūngyi dábō yàuhséui ga! Sēuiyìhn ngóh yàuhdāk hóu já, daahnhaih yāt dākhàahn jauh heui yàuhséui ga la! Nàh! Bātyùh ngóhdeih wán yaht giumàaih kèihtā tùhnghohk yātchàih heui yàuhséui ā!	**家良：** 係咩！咁啱嘅！我都好鍾意打波游水㗎！雖然我游得好渣，但係一得閒就去游水㗎嘞！嗱！不如我哋搵日叫埋其他同學一齊去游水吖！	是嗎？這麼巧！我也喜歡打球游泳！雖然我游得很差，可是一有空就去游！誒！不如我們改天叫上其他同學一起去游泳吧！
Jí-mìhng: Geidāk yuhmàaih ngóh wo!	**子明：** 記得預埋我喎！	記得算上我呀！
Bóu-jān: Gám, jauh tīngyaht lā, hóu m̀hóu a?	**寶珍：：** 噉，就聽日啦，好唔好呀？	那麼，就明天吧，好不好？
Gā-lèuhng: M̀hóu yisi a, tīngyaht ngóh yíhgīng yeukjó ngóhge tùhngfóng heui cheung Kēi, tùhngmàaih heui táihei la! Hahchi sīn lā!	**家良：** 唔好意思呀，聽日我已經約咗我嘅同房去唱K，同埋去睇戲嘞！下次先啦！	不好意思，明天我已經約了我的室友去唱卡拉OK和看電影了！下一次才去吧！
Jí-mìhng: Gónghōi yauh góng, tēnggóng néih cheunggō hóu lēk, hóuhóu tēng wo!	**子明：** 講開又講，聽講你唱歌好叻，好好聽喎！	説起唱卡拉OK，聽説你唱歌很棒，很好聽啊！
Gā-lèuhng: Bīndouh haih a! M̀hóu siu ngóh lā! Ngóh heui cheung Gwóngdūngwá gō haih waihjó lihnjaahpháh ngóhdī Gwóngdūngwá faatyām ja!	**家良：** 邊度係呀！唔好笑我啦！我去唱廣東話歌係為咗練習吓我啲廣東話發音咋！	哪裏哪裏！別笑我吧！我去唱粵語歌是為了練習一下我的廣東話發音而已！
Bóu-jān: Haih nē, Néihdeih dásyun tái mātyéh hei a?	**寶珍：** 係呢，你哋打算睇乜嘢戲呀？	對了，那你們打算看甚麼電影呢？

耶魯拼音	廣東話	普通話
Gā-lèuhng: Ngóh kèihsaht tái māt dōu dāk, daahnhaih ngóhge tùhngfóng jauh wah séung tái dī gáausiuge hei hīngsūngfāanháh wóh! Néih yáuh móuh hóu gaaisiuh a?	家良： 我其實睇乜都得，但係我嘅同房就話想睇啲搞笑嘅戲輕鬆番吓喎！你有冇好介紹呀？	其實我看甚麼都可以，可是我的室友就說想看一些搞笑的電影來輕鬆一下！你有沒有甚麼好建議？
Bóu-jān: Ngóh bātnāu dōu hóusíu heui táiheiga! Ngóh dākhàahn lìhngyún heui tòuhsyūgún je dī DVD tái, gám, yauh m̀sái máaih fēi, hóyíh hāan dī chín!	寶珍： 我不嬲都好少去睇戲㗎！我得閒寧願去圖書館借啲 DVD 睇，噉，又唔使買飛，可以慳啲錢！	我一直都很少去看電影！我有空寧願去圖書館借一些 DVD 來看看，這樣，不用買票，可以省錢！
Gā-lèuhng: Gám yauh haih wo!	家良： 噉又係喎！	那也是！
Jí-mìhng: Hóu la! Hóu la! Sīnsāang làihgán la! Ngóhdeih lohktòhng jīhauh joi kīng lā!	子明： 好嘿！好嘿！先生嚟緊嘿！我哋落堂之後再傾啦！	好了！好了！老師來了！我們下課以後再聊吧！

2　詞語

	耶魯拼音	廣東話	普通話	English
1	fāanhohk	返學	上學	go to school
2	kīnghéi	傾起	談起來	talk about
3	dihng (haih)	定（係）	還是	or
4	móuh sówaih	冇所謂	無所謂，隨便	anything is fine; doesn't matter

	耶魯拼音	廣東話	普通話	English
5	...yauh dāk..., yauh dāk	……又得，……又得	可以……，也可以……	... can do, ... can do
6	jāpyéh	執野	收拾東西	clean up, tidy up
7	dágēi	打機	玩電子遊戲機	play video games
8	gwa	啩	吧	sentence final particle expressing uncertainty or meaning "...I'm not sure"
9	hóuchíh	好似	好像	look like
10	wihngchìh	泳池	游泳池	swimming pool
11	lō	囉		sentence final particle used for showing slight impatience
12	gam ngāam	咁啱	這樣巧	what a coincidence
13	dábō	打波	打球	play ball games
14	V dāk Adj.	V 得 Adj.	V 的 / 得 Adj.	manner of action: V Adj.+ly
15	já	渣	差勁	bad, poor
16	ga la	㗎喇	的了	sentence final particle used to indicate certainty
17	nàh	嗱	瞧	oh, hey
18	yuhmàaih ngóh	預埋我	算上我	count me in
19	cheung kēi	唱 K	唱卡拉 OK	go to karaoke
20	táihei	睇戲	看電影	see movie
21	gónghōi yauh góng	講開又講	説起來	by the way
22	lēk	叻	棒	be good at
23	bīndouh haih a	邊度係呀	哪裏哪裏	not really (being humble)
24	waihjó	為咗	為了	because, for the purpose of

		耶魯拼音	廣東話	普通話	English
25		haih nē	係呢	那／噢，對了	by the way
26		māt dōu dāk	乜都得	甚麼都行	anything goes
27		gáausiu	搞笑	好笑的，令人發笑	funny, hilarious, make a joke
28		V fāan (háh)	V 返（吓）	表示把握機會	verb suffix(es) meaning "take the time/opportunity to V"
29		bātlāu dōu	不嬲都	一直都	always (habit)
30		fēi	飛	票	ticket
31		hāanchín	慳錢	省錢	save money
32		gám yauh haih wo	噉又係喎	那也是	I see, you're right

3 附加詞彙

3.1 選擇用語：**waahkjé** 或者 及 **dihng (haih)** 定（係）/ **yīkwaahk** 抑或

"或者" 用於陳述句，表示選擇，與普通話相同。

> Ngóh gāmyaht waahkjé tīngyaht heui máaihyéh.
> 我今日或者聽日去買嘢。 （我今天或者明天去買東西。）

"定（係）" 及 "抑或" 用於疑問句，表示從兩項或多項中選出一項。

> Néih jūngyi yám chàh dihnghaih yám séui a?
> 你鍾意飲茶定係飲水呀？ （你喜歡喝茶還是喝水？）

> Néih sāamyuht yīkwaahk seiyuht sāangyaht a?
> 你三月抑或四月生日呀？ （你三月還是四月生日？）

3.2　隨意性用語

耶魯拼音	廣東話	普通話
chèuihbín (lā)	隨便（啦）	～
kàuhkèih (lā)	求其（啦）	隨便
māt dōu dāk	乜都得	甚麼都行 / 可以
(māt dōu) móuh sówaih	（乜都）冇所謂	（甚麼都）無所謂
néih jā jyúyi lā	你揸主意啦	你決定吧
néih wah dím jauh dím lā	你話點就點啦	你喜歡怎樣就怎樣吧
néih wahsih lā	你話事啦	你決定吧
sihdaahn (lā)	是但（啦）	隨便

4　語音練習：廣東話長短韻腹對比

4.1　aau、au

kaau	靠	kau	扣
gáau	搞	gáu	狗
maauh	貌	mauh	貿
sáau	稍	sáu	手
jáau	找	jáu	酒

gaauyàhn	教人	gauyàhn	救人
jáausou	找數	jáusou	走數
háausíh	考試	háusíh	口試
gaaufan	教訓	gaufan	夠瞓
cháauyàhn	炒人	cháuyàhn	醜人

4.2　aai、ai

sāai	嘥	sāi	西
sáai	徙	sái	洗
waaih	壞	waih	胃
laaih	賴	laih	麗
wāai	歪	wāi	威

gāaitàuh	街頭	gāitàuh	雞頭
gwaai ngūk	怪屋	gwáingūk	鬼屋
yāt tìuh tāai	一條呔	yāt tìuh tāi	一條梯
máaih maaih	買賣	máaih máih	買米
taai gwaai	太怪	taai gwai	太貴

4.3   aan、an

maahn	慢	mahn	問	sahp maahn	十萬	sahp mān	十蚊
sāan	山	sān	新	fāangán	返緊	fangán	瞓緊
wàahn	還	wàhn	雲	wáan yàhn	玩人	wán yàhn	搵人
hàahn	閒	hàhn	痕	yāt gāan	一間	yāt gān	一斤
ngàahn	顏	ngàhn	銀	chāangān	餐巾	chāngahn	親近

4.4   aam、am

nàahm	男	làhm	林	jáam táu	斬頭	jámtàuh	枕頭
láam	攬	nám	諗	chèuih sāam	除衫	choisām	菜心
sāam	衫	sām	深	sāam kāp	三級	sāmgāp	心急
gāam	監	gām	金	gáamga	減價	gám ga	噉㗎
chāam	參	chām	侵	làahmsīk	藍色	làhmsīk	淋熄

4.5   aang、ang

hàahng	行	hàhng	恆	daaihhāang	大坑	daaihhāng	大亨
màahng	盲	màhng	盟	hàahngwàhn	行匀	hahngwahn	幸運
wàahng	橫	wàhng	宏	hauhsāang	後生	hohksāang	學生
pàahng	鵬	pàhng	朋	lyuhn hàahng	亂行	léuihhàhng	旅行
gāang	耕	gāng	羹	sāam gāang	三更	sāam gāng	三羹

4.6   aap、ap

saap	圾	sahp	十	jaahp	雜	jāp	汁
gaap	甲	gāp	急	baahkgaap	白鴿	baatkāp	八級
haahp	狹	hahp	盒	jaahpchāai	雜差	jāpchàih	執齊
jaahp	習	jāp	執	gaapsung	夾餸	gāpsung	急送
laahp	垃	lahp	立				

4.7 aat、at

maat	抹	maht	物
chaat	察	chāt	七
saat	殺	saht	實
baat	八	bāt	筆
laaht	辣	lāt	甩

maatyéh	抹嘢	mātyéh	乜嘢
baatjih	八字	bātjī	不知
gāmfaat	金髮	gāmfaht	金佛
faatgai	髮髻	fahtgái	佛偈
jíjaat	紙紮	jísaht	指實

4.8 aak、ak

baak	百	bāk	北
saak	索	sāk	塞
jaak	責	jāk	則
chaak	拆	chāk	測

haak	客	hāk	黑
baahksih	白事	bāksī	北獅
hóu jaak	好窄	hóu jāk	好側
houhaak	好客	hóu hāk	好黑

5 短語及句子練習

5.1 結果補語：màaih 埋 及 fāan 返

màaih 埋

☞ "埋"用作補語,有"關上"的意思。

Ngoihbihn hóu daaihfūng, m̀gōi néih sāanmàaih chēungmún. 外便好大風,唔該你閂埋窗門。　(外面風很大,請你把窗戶關上。)
hahp / kámmàaih bún syū　合 / 冚埋本書　(把書合上)

☞ "埋"有時表示某人或某事也包括在內的意思。

Yùhgwó néihdeih heui yàuhséui, geidāk yuhmàaih ngóh wo! 如果你哋去游水,記得預埋我喎!　(如果你們去游泳,記着算上我啊!)

☞   "埋"可表示靠近的意思。

Kéuih hàahngmàaih(heui) syūtói gódouh.   佢行埋（去）書枱嗰度。   （他走近書桌那邊。）

☞   "埋"可表示把尚未完成的事務完成。

Néih yámmàaih nīwún tōng lā!   你飲埋呢碗湯啦！   （你喝完這碗湯吧！）

fāan 返

☞   "返"用在動詞或形容詞後面，表示動作或狀態的回復。

Jeuigahn tīnhei yauh yihtfāan, yauh lohkfāan yúh. 最近天氣又熱返，又落返雨。   （最近天氣又熱起來了，又開始下雨了。）
Néih béifāan chín kéuih meih a?   你俾返錢佢未呀？   （你還了錢給他沒有？）

☞   有時候，"返"加上另一結果補語可組成複合結果補語。

jíngfāanhóu   整返好   （修理好了）
chīfāanmàaih   黐返埋   （粘好了／又粘上了）

☞   "返"有時表示"把握機會"的意思。

Ngóh séung hohk cheungfāan léuhng sāam sáu Gwóngdūng gō. 我想學唱返兩三首廣東歌。   （我想把握機會學唱兩三首廣東歌。）
Háauyùhn síh la, ngóh séung táihei hīngsūngfāanháh. 考完試嘿，我想睇戲輕鬆返吓。   （考完試了，我想把握機會看電影來輕鬆一下。）

5.2   體貌助詞：hōi 開

"開"用於動詞或形容詞後面，表示動作或行為的習慣性。

Kéuih pìhngsìh sihkhōi yīn, yāt m̀sihk jauh gokdāk hóu sānfú. 佢平時食開煙，一唔食就覺得好辛苦。   （他平常習慣抽煙，一不抽就覺得很辛苦。）
Néih yámhōi mātyéh chàh a?   你飲開乜嘢茶呀？   （你習慣喝甚麼茶？）

此外，"講開又講"是個慣用語，用於承接別人的說話，來提出自己的意見或見解，或者作為由一個話題轉入另一個話題的連接語。

> Hóudō yàhn gokdāk Gwóngdūngwá hóu nàahnhohk, gónghōi yauh góng ā, ngóh wah Póutūngwá yātyeuhng gam nàahnhohk!
> 好多人覺得廣東話好難學，講開又講吖，我話普通話一樣咁難學！ （很多人覺得廣東話很難學，説起來，我覺得普通話一樣難學！）

5.3 …yauh dāk, …yauh dāk ……又得，……又得
…yauh hóu, …yauh hóu ……又好，……又好

表示兩個或以上的動作、行為可以任意選擇，所以放在任意選擇的成分後面。

> Fong syúga gójahn, ngóh séung heui léuihhàhng, heui Bākgīng yauh dāk, heui Seuhnghói yauh dāk.
> 放暑假嗰陣，我想去旅行，去北京又得，去上海又得。 （放暑假的時候，我想去旅行，去北京也可以，去上海也可以。）

> Gāmmáahn ngóh chéng néihdeih sihkfaahn, sihk Yahtbún choi yauh hóu, Gwóngdūng choi yauhhóu, chèuihbín néihdeih lā!
> 今晚我請你哋食飯，食日本菜又好，廣東菜又好，隨便你哋啦！ （今天晚上我請你們吃飯，吃日本菜也好，吃廣東菜也好，隨便你們吧！）

5.4 nàh 嗱 和 gám 噉

"嗱"是個語氣助詞，用於把事物給別人或指示給別人看。

> Nàh, gódouh jauh haih sáisáugāan la. 嗱，嗰度就係洗手間嘑。 （誒，那兒就是洗手間。）

> Nàh, nībún syū haih jebéi néih tái ge. 嗱，呢本書係借俾你睇嘅。 （誒，這本書是借給你看的。）

"噉"用來承接上文的話題，同時引出下文。

> **A:** Ngóhdeih yātchàih heui hàahnggāai, hóu m̀ hóu a?
> 我哋一齊去行街，好唔好呀？ （我們一起去逛街，好嗎？）

> **B:** Gám, jauh tīngyaht lā! 噉，就聽日啦！ （那麼，就明天去吧！）

| A: Tēnggóng gāmyaht wúih lohkyúh.　聽講今日會落雨。　（聽説今天會下雨。） |
| B: Gám, ngóhdeih m̀chēutgāai hóudī.　噉，我哋唔出街好啲。　（那麼，我們不上街比較好。） |

5.5　語氣助詞：gwa 啩 及 lō 囉

gwa 啩

表示懷疑、猜測，不十分肯定的語氣。

| Kéuih jūngyi sihk Gwóngdūng choi gwa?!　佢鍾意食廣東菜啩？！　（他喜歡吃廣東菜吧？！） |
| Yīnggōi m̀haih kéuih tāuyéh gwa?!　應該唔係佢偷嘢啩？！　（應該不是他偷東西吧？！） |

lō 囉

☞　“囉”表示肯定的意思，語氣帶點不耐煩。

| Néih dākhàahn jauh làih lō!　你得閒就嚟囉！　（你有空就來唄！） |
| Néih séung jī jauh mahnháh kéuih lō!　你想知就問吓佢囉！　（你想知道就問一下他唄！） |

☞　另外，“囉”亦可用作解釋，強調一些明顯的事或答案。

| A: Bīngo haih Jí-mìhng a?　邊個係子明呀？　（誰是子明？） |
| B: Chìhnmihn jeuk wòhngsīk sāam gó go lō!
前面着黃色衫嗰個囉！　（就是前面穿黃色衣服的那個！） |

| A: Yìhgā géidím a?　而家幾點呀？　（現在幾點呀？） |
| B: Yātdím lō! Néih m̀jī mē?　一點囉！你唔知咩？　（一點呀！你不知道嗎？） |

6　情景説話練習

1. Néih hái sūkse tùhng Hēunggóng hohksāang kīnggái gójahnsìh, kéuihdeih hóu yáuh hingcheui jīdou gwoknoih hohksāang ge sāngwuht, chéng néih góngháh gwoknoih hohksāang yáuh dī mātyéh sihou tùhng yùhlohk.　你喺宿舍同香港學生傾偈嗰陣時，佢哋好有興趣知道國內學生嘅生活，請你講吓國內學生有啲乜嘢嗜好同娛樂。

2. Yáuh yàhn gokdāk hauhsāangjái dākhàahn yīnggōi dábō yàuhséui, m̀yīnggōi sìhsìh heui cheung Kēi waahkjé dágēi. Néih hó m̀hóyíh góngháh néihge yigin a?　有人覺得後生仔得閒應該打波游水，唔應該時時去唱 K 或者打機。你可唔可以講吓你嘅意見呀？

3. Góngdou táihei, yìhgā hóudō Hēunggóng yàhn dōu jūngyi tái Jūnggwok ge dihnyíng, néih yáuh móuh hóu gaaisiuh a?　講到睇戲，而家好多香港人都鍾意睇中國嘅電影，你有冇好介紹呀？

4. Yáuh yàhn yihngwàih yātgo daaihhohksāang m̀hóyíh jihnghaih sīk làuhhái sūkse duhksyū, dākhàahn yiu yáuh sīkdong ge yùhlohk. Chéng góngháh néihge táifaat.　有人認為一個大學生唔可以淨係識留喺宿舍讀書，得閒要有適當嘅娛樂。請講吓你嘅睇法。

5. Chéng néih góngháh heui sātāan tùhng wihngchìh yàuhséui ge fānbiht.　請你講吓去沙灘同泳池游水嘅分別。

第 6 課 説香港天氣

1 課文

耶魯拼音	廣東話	普通話
Yáuh yātyaht, Bóu-jān, Jí-mìhng hái sūkse tùhng kéuihdeih ge sīhīng Hon-màhn yātchàih kīngháh gái, kéuihdeih gónghéi gwāanyū Hēunggóng tīnhei ge mahntàih.	有一日，寶珍、子明喺宿舍同佢哋嘅師兄漢文一齊傾吓偈，佢哋講起關於香港天氣嘅問題。	有一天，寶珍、子明在宿舍跟他們的師兄漢文一起聊天，他們說起關於香港天氣的問題。
Hon-màhn: Bóu-jān, Jí-mìhng, néihdeih làihjó Hēunggóng dōu yáuh yātpàaih la bo, jaahpgwaanjó Hēunggóng ge tīnhei meih a?	漢文： 寶珍、子明，你哋嚟咗香港都有一排嘑嗎，習慣咗香港嘅天氣未呀？	寶珍、子明，你們來了香港已有一段時間了，習慣了香港的氣候沒有？
Bóu-jān: Nīpàaih tīnhei m̀dung m̀yiht, dōu géi syūfuhk, jeuk tī-sēut, dyún fu dōu dāk.	寶珍： 呢排天氣唔凍唔熱，都幾舒服，着 T 恤、短褲都得。	最近天氣不冷不熱，挺舒服的，穿 T 恤衫、短褲也行。
Jí-mìhng: Daahnhaih gēifùh múihyaht dōu wúih lohkyúh, kàhmyaht ngóh yātsìh m̀geidāk daai jē chēutgāai, jāangdī bin lohktōnggāi a!	子明： 但係幾乎每日都會落雨，嚟日我一時唔記得帶遮出街，爭啲變落湯雞呀！	最近每天都下雨，昨天我正巧忘了帶傘出門，差點兒變成落湯雞！
Hon-màhn: Tīnhei bougou wah chìh géiyaht wúih jyún lèuhng, néihdeih yiu síusām sāntái, geijyuh jeuk dō gihn sāam, yānjyuh láahngbehng a!	漢文： 天氣報告話遲幾日會轉涼，你哋要小心身體，記住着多件衫，因住冷病呀！	天氣預報說幾天後會轉涼，你們要小心身體，記着多穿衣服，小心着涼！

耶魯拼音	廣東話	普通話
Bóu-jān: Jānhaih ngāam la! Ngóh chìhn géi yaht sīnji máaihjó gihn sānge lāangsāam, námjyuh gāmchi yáuh gēiwuih jeuk la!	**寶珍：** 真係啱嘩！我前幾日先至買咗件新嘅冷衫，諗住今次有機會着嘩！	真巧！我前幾天剛買了一件新的毛衣，這回用得上了！
Jí-mìhng: Néih máih gam tāam leng lā!	**子明：** 你咪咁貪靚啦！	你別那麼愛美吧！
Bóu-jān: Néuihjái gánghaih tāamleng dī ga lā! Haih la! Sīhīng àh, tēnggóng Hēunggóng ge hahtīn yáuhsìh yiht dākjaih, yáuhdī yàhn juhng wúih jungsyú tīm! Haih m̀haih jān ga?	**寶珍：** 女仔梗係貪靚啲㗎啦！係嘩！師兄嘞，聽講香港嘅夏天有時熱得滯，有啲人仲會中暑添！係唔係真㗎？	女孩子當然是愛美的了！對了！師兄，聽說香港的夏天有時候太熱，有些人還會中暑！是真的嗎？
Hon-màhn: Móuh cho! Hēunggóng ge chāt, baatyuht jānhaih lìhngse yiht, yáuhsìh ngóh dōu yihtdou díngm̀seuhn! Sóyíh hahtīn gójahnsìh dahkbiht jūngyi jeuk buisām, lèuhnghàaih laak!	**漢文：** 冇錯！香港嘅七、八月真係零舍熱，有時我都熱到頂唔順！所以夏天嗰陣時特別鍾意着背心、涼鞋嘞！	沒錯！香港的七、八月真的特別熱，有時候我也熱得受不了！所以夏天的時候特別喜歡穿背心、涼鞋了！
Jí-mìhng: Gám, Hēunggóng ge dūngtīn nē? Yáuh móuh Bākgīng gam dung a?	**子明：** 噉，香港嘅冬天呢？有冇北京咁凍呀？	那麼，香港的冬天呢？有北京那麼冷嗎？
Hon-màhn: Jí-mìhng, Hēunggóng hái nàahmfōng, ngóhdeih m̀hóyíh jēung Hēunggóng tùhng Bākgīng béigaau ge. Bātgwo Hēunggóng ge dūngtīn yáuhsìh dōu sēungdōngjī dung, hóudō yàhn dōu jeuk jēunléhng sāam a, daaihlāu a, waahkjé mìhnlaahp dōu yáuh.	**漢文：** 子明，香港喺南方，我哋唔可以將香港同北京比較嘅。不過香港嘅冬天有時都相當之凍，好多人都着樽領衫呀、大樓呀，或者棉衲都有。	子明，香港在南方，我們不能拿香港跟北京比較的。不過香港的冬天有時候也相當冷，很多人穿高領的衣服、大衣，或者棉襖。

耶魯拼音	廣東話	普通話
Bóu-jān: Tīnhei dung gójahnsìh, ngóh jauh jeui jūngyi laahm génggān la! Ngóh tìuh génggān juhnghaih māmìh chānsáu jīk béi ngóh tīm ga!	寶珍： 天氣凍嗰陣時，我就最鍾意攬頸巾㗎！我條頸巾仲係媽咪親手織俾我添㗎！	天氣冷的時候，我就最喜歡圍圍巾！我的圍巾還是媽媽親手給我織的！
Hon-màhn: Hóu la! Hóu la! Dōu yeh la! Ngóh tīngyaht yáuh jóutòhng, yauh yiu gāau leuhnmán, waihyáuh jóudī fāan fóng jouh, hahchi sīn joi tùhng néihdeih kīng gwo hái la!	漢文： 好㗎！好㗎！都夜㗎！我聽日有早堂，又要交論文，唯有早啲返房做，下次先再同你哋傾過喺啦！	好了！好了！很晚了！我明早有課，又要交論文，唯有早點回房間做，下一次再跟你們聊吧！
Bóu-jān, Jí-mìhng: Sīhīng, jóutáu!	寶珍、子明： 師兄早唞！	師兄晚安！

2　詞語

	耶魯拼音	廣東話	普通話	English
1	sīhīng	師兄	師兄	senior schoolmate (male)
2	yātpàaih	一排	一段時間	for some time
2.1	nīpàaih	呢排	最近	recently
2.2	gahnpàaih	近排	最近	recently
2.3	gópàaih	嗰排	那段時間	at that time
3	la bo	㗎噃	了吧	sentence final particles used to mean "as far as I know" or for a soft warning

	耶魯拼音	廣東話	普通話	English
4	dōu géi	都幾	頗	quite
5	jeuk	着	穿	wear
6	tīsēut	T恤	T恤（衫）	T-shirt
7	dyún fu	短褲	短褲	shorts
8	lohkyúh	落雨	下雨	rain
9	yātsìh	一時	一下子	It happens that…
9.1	yātsìh…, yātsìh…	一時……，一時……	有時候……，有時候……	sometimes
10	m̀geidāk	唔記得	忘了	forget
11	jē	遮	雨傘	umbrella
12	jāangdī	爭啲	差點兒	almost, nearly
13	wah	話	說	say
14	chìh géi yaht	遲幾日	過幾天	a few days later
15	jyún lèuhng	轉涼	轉冷	get colder
16	geijyuh	記住	記着 / 記住	remember, be sure to
17	yānjyuh	因住	當心 / 提防	beware of
18	lāangsāam	冷衫	毛衣	sweater
19	nám	諗	想	think
19.1	námjyuh	諗住	打算	intend to, plan to
20	gām chi	今次	這一次	this time
21	máih	咪	別 / 不要	don't
22	tāamleng	貪靚	愛美	love to be pretty

		耶魯拼音	廣東話	普通話	English
23		dākjaih	得滯	太	too
24		juhng…tīm	仲……添	還／更……呢	and also, even more
25		móuh cho	冇錯	沒錯	that's right
26		díngm̀seuhn	頂唔順	受不了	can't bear, can't stand
27		jēung	將	把	co-verb used to raise the object to the front of the verb
28		jēunléhng	樽領	高領	turtle-neck, high-neck
29		daaihlāu	大褸	大衣	overcoat
30		mìhnnaahp	棉衲	棉襖	cotton-quilted jacket
31		laahm	攬	圍	wear
32		génggān	頸巾	圍巾	scarf
33		māmìh	媽咪	媽媽	mommy
34		jīk	織	編織／打	knit
35		jóu tòhng	早堂	早課	early class
36		fóng	房	房間／屋子	room
37		fangaau	瞓覺	睡覺	sleep
38		jóutáu	早唞	晚安	good night

3 附加詞彙

3.1 有關天氣的用語

	耶魯拼音	廣東話	普通話
1.	chēut yihttáu / yahttáu	出熱頭 / 日頭	出太陽
2.	dáfūng	打風	颱風
3.	daaihfūng daaihyúh	大風大雨	雨大風大
4.	dung	凍	冷
5.	hàahnglèuih	行雷	打雷
6.	hóu guhk	好焗	悶熱
7.	hóu saai	好曬	很曬
8.	hóutīn	好天	晴天，天氣好
9.	lèuhngsóng	涼爽	涼快
10.	lohksyut	落雪	下雪
11.	lohkyúh	落雨	下雨
12.	saiyúh / mèihyúh	細雨 / 微雨	小雨
13.	sāplahplahp	濕立立	濕漉漉
14.	tīnsìh syúyiht	天時暑熱	天氣炎熱
15.	wùihnàahm	回南	返潮 / 轉暖
16.	yāmtīn	陰天	天陰
17.	yihttīn	熱天	夏天

3.2 gēifùh 幾乎、jāangdī 爭啲 及 jāangsíusíu 爭少少

　　"幾乎"、"爭啲" 及 "爭少少" 均用於表示差不多、差一點的意思。

Ngóh gēifùh m̀geidāk gāmyaht haih kéuih sāangyaht. 我幾乎唔記得今日係佢生日。　（我差點忘記了今天是他的生日。）
Kéuih jāangdī béi chē johngdóu.　佢爭啲俾車撞倒。　（他差點給車撞到。）
Ngóh ge háausíh jāangsíusíu jauh múhnfān.　我嘅考試爭少少就滿分。（我的考試差點就拿了滿分。）

4 語音練習：滑音韻母

4.1 ui

būi	杯		pùih	陪		mùihhei	煤氣	
guih	癐		múihmúih	每每		lòihwùih	來回	
wúih	會		mùihmúi	妹妹				
mùih	梅		fūisīk	灰色				

4.2 eui

jēui	追		tēui	推		jēui kéuih	追佢	
kéuih	佢		leuihjeuih	累贅		deuiléuih	對壘	
heui	去		heui seuih	去睡				
séui	水		séuiléuih	水裏				

4.3 oi

hōi	開		choi	菜		hōichói	開彩	
hói	海		choingoih	塞外		hōigoi	開蓋	
joih	在		noihngoih	內外				
gōi	該		hōitói	開枱				

4.4 ai

wāi	威		gwai	貴		gāijái	雞仔	
sāi	西		waihjaih	胃滯		chāimàih	凄迷	
sai	勢		jaisai	濟世				
máih	米		saijái	細仔				

4.5　ei

hei	戲	gei	寄	seiléih	四里
méih	尾	méihmeih	美味	heimeih	氣味
héi	喜	séigei	死記		
néih	你	gēihei	機器		

4.6　ou

móuh	冇	ngouh	傲	gousou	告訴
louh	路	gōulóu	高佬	jōugōu	糟糕
hòuh	豪	hóuchòuh	好嘈		
dōu	都	houdóu	好賭		

5　短語及句子練習

5.1　更多程度狀語

dōu géi 都幾
放在形容詞前面，表示"頗為"的意思。

Gāmyaht dōu géi dung.　今日都幾凍。　（今天頗冷的。）

fēisèuhng (jī) 非常（之）、**sēungdōng (jī)** 相當（之）
放在形容詞前面，表示較高程度。

Hohk Gwóngdūngwá fēisèuhng (jī) hóuwáan.
學廣東話非常（之）好玩。　（學廣東話非常好玩。）

> Kéuih deui dihnnóuh sēungdōng (jī) yáuh hingcheui.
> 佢對電腦相當（之）有興趣。 （他對電腦相當有興趣。）

lìhngse 零舍

放在形容詞前面，表示特別、份外、尤其的意思。

> Néih jeuk chèuhng kwàhn lìhngse hóutái. 你着長裙零舍好睇。 （你穿長裙特別好看。）

gwotàuh 過頭、dākjaih 得滯

放在形容詞後面，表示過分、太多的意思。

> Nīgihn sāam hóu leng, daahnhaih gwai gwotàuh, ngóh móuh chín máaih.
> 呢件衫好靚，但係貴過頭，我冇錢買。 （這件衣服很漂亮，可是太貴，我沒有錢買。）

> Hēunggóng ge hahtīn yáuhsìh yiht dākjaih.
> 香港嘅夏天有時熱得滯。 （香港的夏天有的時候太熱。）

5.2 jyuh 住

表示動作的持續性。

> Néih sáu léuihbihn līngjyuh dī mātyéh a? 你手裏面便住啲乜嘢呀？ （你手裏面拿着些甚麼？）

> Táijyuh néihge sáugēi a, yānjyuh béi yàhn tāu a!
> 睇住你嘅手機呀，因住俾人偷呀！ （看着你的手機，小心給人偷了！）

> Ṁgōi néih geijyuh hahgo láihbaai yáuh háausíh.
> 唔該你記住下個禮拜有考試。 （請你記着下個禮拜有考試。）

有時是詞彙的結構成分。

> Ngóh námjyuh tīngyaht heui máaihyéh. 我諗住聽日去買嘢。 （我打算明天去買東西。）

> Ngóh jānhaih hóu gwajyuh ngóh ge ngūkkéi yàhn.
> 我真係好掛住我嘅屋企人。 （我真的很想家。）

| Hahgo sīngkèih yiu háausíh, néih m̀hóu gujyuh hàahnggāai lā! |
| 下個星期要考試，你唔好顧住行街啦！　（下星期就考試，你不要老想着逛街吧！） |

| Ngóh júnghaih yìhngjyuh nīgāan ngūk yáuh gwái. |
| 我總係形住呢間屋有鬼。　（我總是覺得這所房子鬧鬼。） |

如 "住" 後面加上 "先" 字，作體貌助詞，表示動作的暫時性，

| Néihdeih sihkjyuh sīn, m̀sái dáng ngóh. 　你哋食住先，唔使等我。（你們先吃，不用等我。） |

| Kéuih gāmyaht m̀geidāk daai chín chēutgāai, ngóh jejyuh yātbaakmān béi kéuih sīn. |
| 佢今日唔記得帶錢出街，我借住一百蚊俾佢先。　（他今天忘記帶錢上街，我暫時先借給他一百塊錢。） |

可用於否定句式，以 "máih…jih / jyuh sīn 咪……至 / 住（先）" 或 " m̀hóu…jih / jyuh sīn 唔好……至 / 住（先）"，表達 "暫時不要做" 的意思。

| M̀hóu chēutgāaijyuh, yìhgā lohkgán yúh. |
| 唔好出街住，而家落緊雨。　（暫時不要上街，現在正在下雨。） |

| Daaihgā máih chòuhjyuhsīn, tēngháh kéuih yáuh mātyéh góng. |
| 大家咪嘈住先，聽吓佢有乜野講。　（大家先別吵，聽聽他有甚麼話説。） |

5.3　複合語氣助詞：lo bo 囉噃、la bo 嘑噃

雙音節的語氣助詞，每一個音節都有一定的意思，因而它所表示的感情比單音語氣助詞豐富。但其主要意思落在最後一個音節上。

☞　"囉噃" 及 "嘑噃" 表示提醒或催促。

| Hóu yeh lo bo! Yiu fangaau lo bo! |
| 好夜囉噃！要瞓覺囉噃！　（很晚了！要睡覺了！） |

| Gau la! M̀hóu joi sihk la bo! |
| 夠嘑！唔好再食嘑噃！　（夠了！不要再吃了！） |

6　情景說話練習

1. Chéng néih béigaauháh Hēunggóng tùhng néihge gāhēung ge tīnhei.　請你比較吓香港同你嘅家鄉嘅天氣。

2. Yāt nìhn seigwai, néih jūngyi tùhng m̀jūngyi bīngo gwaijit a? Dímgáai a?　一年四季，你鍾意同唔鍾意邊個季節呀？點解呀？

3. Chéng néih góngháh néih deui jeuksāam dábaahn ge táifaat.　請你講吓你對着衫打扮嘅睇法。

4. "Tāamleng" hóu m̀hóu a? Néih hó m̀hóyíh góngháh néih ge yigin a?　"貪靚"好唔好呀？你可唔可以講吓你嘅意見呀？

5. Deui néih làihgóng, Hēunggóng ge sāngwuht nàahn m̀nàahn jaahpgwaan nē? Chéng néih góngháh néihge gīngyihm.　對你嚟講，香港嘅生活難唔難習慣呢？請你講吓你嘅經驗。

第 7 課　介紹我嘅屋企

1　課文

耶魯拼音	廣東話	普通話
Síu-yin làihjó Hēunggóng chàṁdō sāamgo yuht laak. Sēuiyìhn kéuih hái Bākgīng ge ngūkkéiyàhn sèhngyaht dōu dá dihnwá béi kéuih, daahnhaih kéuih juhnghaih hóu gwajyuh kéuihdeih. Gwo léuhng yaht haih kéuih sāangyaht, kéuih jauh lìhngse séung ginháh dī ngūkkéi yàhn.	小燕嚟咗香港差唔多三個月嘞。雖然佢喺北京嘅屋企人成日都打電話俾佢，但係佢仲係好掛住佢哋。過兩日係佢生日，佢就零舍想見吓啲屋企人。	小燕來了香港差不多三個月了。雖然她在北京的家人經常打電話給她，但是她還是很想念他們。兩天後是她生日，她就特別想家。
Síu-yin: Ngóh séung hohkkèih faaidī yùhn, fāan ngūkkéi ginháh dī ngūkkéiyàhn.	小燕： 我想學期快啲完，返屋企見吓啲屋企人。	我希望學期快點結束，回家見見家人。
Laih-yīng: Néih lèihhōijó Bākgīng dāk léuhnggo géi yuht jebo, gam faai gwajyuh ngūkkéi làh!?	麗英： 你離開咗北京得兩個幾月啫嘛，咁快掛住屋企嘑！？	你離開了北京才兩個多月，這麼快就想家了！？
Síu-yin: Hái ngūkkéi, sèhnggā yàhn dōu hóu sek ngóh ga. Múih nìhn ngóh sāangyaht, kéuihdeih dōu tùhng ngóh hōi sāangyaht wúi, gāmnìhn làihjó Hēunggóng duhksyū, wàihyáuh yātgo yàhn hái Hēunggóng gwo sāangyaht hái lā!	小燕： 喺屋企，成家人都好錫我㗎。每年我生日，佢哋都同我開生日會，今年嚟咗香港讀書，唯有一個人喺香港過生日係啦！	在家，全家人都很疼我的。每年我生日，他們都給我開生日會，今年來了香港讀書，只好我一個人在香港慶祝生日了！
Laih-yīng: Ṁgányiu lā, gāmnìhn ngóh tùhng néih hingjūk lā! Haih nē, néih ngūkkéi yáuh mātyéh yàhn a?	麗英： 唔緊要啦，今年我同你慶祝啦！係呢，你屋企有乜野人呀？	不要緊，今年我給你慶祝吧！對了，你家有甚麼人呢？

耶魯拼音	廣東話	普通話
Síu-yin: Chèuihjó bàhbā, màhmā jīngoih, A-màh dōu tùhng ngóhdeih yātchàih jyuh. A-yèh yíhgīng gwojó sān laak. Ngóh móuh hīngdaih jímuih. Ngóh haih duhknéuih. Gám, néih nē? Néih yáuh dī mātyéh ngūkkéi yàhn a?	小燕： 除咗爸爸、媽媽之外，阿嫲都同我哋一齊住，阿爺已經過咗身嘞。我冇兄弟姊妹，我係獨女。嗱，你呢？你有啲乜嘢屋企人呀？	除了爸爸、媽媽之外，奶奶也跟我們一起住，爺爺已經不在了。我沒有兄弟姊妹，我是獨女。那麼，你呢？你家裏都有甚麼人呢？
Laih-yīng: Ngóh A-yèh, A-màh dōu m̀háidouh la. Ngóh yáuh sāam hīngdaih jímuih: yātgo gājē, yātgo sailóu, ngóh pàaih jūnggāan.	麗英： 我阿爺阿嫲都唔喺度嘑。我有三兄弟姊妹：一個家姐，一個細佬，我排中間。	我奶奶爺爺都不在了。我有三兄弟姊妹，一個姐姐，一個弟弟，我排行中間。
Síu-yin: Néih yauh yáuh gājē, yauh yáuh sailóu, néih ngūkkéi maih hóu yihtnaauh lō!	小燕： 你又有家姐，又有細佬，你屋企咪好熱鬧囉！	你又有姐姐，又有弟弟，你家不是很熱鬧嘛！
Laih-yīng: Gám yauh m̀haih. Ngóh gājē yíhgīng chēutlàih jouhyéh ga la. Kéuih hái yātgāan mauhyihk gūngsī jouh beisyū, sìhsìh yiu gān kéuih bōsí heui gūnggon, hóu síu hái ngūkkéi, mòhng dou séi! Lóuhdauh hái yātgāan dihnnóuh gūngsī jouh gīngléih, múihmáahn m̀dou baat gáu dím dōu m̀sái fōng sāudākgūng. Māmìh dōu haih daaih mòhng yàhn, kéuih jouh gūnggwāan jyúyahm ge, gwáiséigam m̀dākhàahn, sóyíh ngūkkéi sèhngyaht dāk sailóu tùhng go fēiyùhng jīma, sailóu kèihsaht móuh māt yàhn léih. Ngóh ngūkkéi hóugwáiséi jihng jauh jān!	麗英： 嗱又唔係。我家姐已經出嚟做嘢㗎嘑。佢喺一間貿易公司做秘書，時時要跟佢波士去公幹，好少喺屋企，忙到死！老豆喺一間電腦公司做經理，每晚唔到八九點都唔使慌收得工。媽咪都係大忙人，佢做公關主任嘅，鬼死咁唔得閒，所以屋企成日得細佬同個菲傭之嘛，細佬其實冇乜人理。我屋企好鬼死靜就真！	那倒不是。我姐姐已經出來工作了。她在一家貿易公司做秘書，常常要跟她上司出差去，很少在家，忙得要命！爸爸在一家電腦公司任經理，每天晚上不到八九點都別想下班。媽媽也是大忙人，她當公關主任，也挺忙的，所以家裏整天只有弟弟和菲傭，弟弟其實沒有甚麼人管。我家蠻靜才對！

耶魯拼音	廣東話	普通話
Síu-yin:	小燕：	
Yùhnlòih haih gám!	原來係嗽！	原來如此！
Laih-yīng:	麗英：	
Ei, néih māmìh yáuh móuh jouhyéh ga? Néih lóuhdauh jouh mātyéh ga?	誒，你媽咪有冇做嘢㗎？你老豆做乜嘢㗎？	對了，你媽媽工作嗎？你爸爸是做甚麼的？
Síu-yin:	小燕：	
Ngóh màhmā haih gātìhng jyúfúh. A-màh chìhn géi nihn yānwaih jungfūng, jíngjínghá m̀hàahngdāk, yìhgā jihgéi mātyéh dōu jouh m̀dóu laak. Sóyíh màhmā yiu làuhhái ngūkkéi táijyuh kéuih. Bàhbā gūngjok dōu géi mòhng. Kéuih hái yātgāan ngoihjī ginjūk gūngsī jouh gūngchìhngsī. Gahnnìhn noihdeih héi hóudō láu. Kéuih jouhyéh yauh bok, sóyíh sìhsìh dōu jóu chēut máahn gwāi. Bātgwo, ngóh ge fuhmóuh haih sēungdōng yānngoi ga, kéuihdeih hóusíu ngaaigāau gé. Ngóhge gātìhng dōu syunhaih yātgo hahngfūk gātìhng. Gónggónghá, ngóh jānhaih hóu séung faaidī fāan ngūkkéi. Ngóh màhmā hái ngóh sāangyaht góyaht, yātdihng jíngdī ngóh jūngyi sihk ge sung ga. Kéuih ge sáusai hóuhóu ga!	我媽媽係家庭主婦。阿嫲前幾年因為中風，整整吓唔行得，而家自己乜嘢都做唔倒嘞，所以媽媽要留喺屋企睇住佢。爸爸工作都幾忙，佢喺一間外資建築公司做工程師。近年內地起好多樓，佢做嘢又搏，所以時時都早出晚歸。不過，我嘅父母係相當恩愛㗎，佢哋好少嗌交嘅。我嘅家庭都算係一個幸福家庭。講講吓，我真係好想快啲返屋企。我媽媽喺我生日嗰日，一定整啲我鍾意食嘅餸㗎。佢嘅手勢好好㗎！	我媽媽是家庭主婦。奶奶前幾年中了風，漸漸地不能走路，現在自己甚麼都做不了，所以媽媽要留在家看着她。爸爸工作也很忙，他在一間外資建築公司做工程師。近年內地蓋了很多房子，他做事又很賣力，所以常常都早出晚歸。但是，我的父母是相當恩愛的，他們很少吵架。我的家庭可説是一個幸福家庭。説起來，我真是很想快點回家。我媽媽在我生日那天一定會弄點我喜歡的菜。她的手藝很好的！
Laih-yīng:	麗英：	
Góngfāan néih sāangyaht laak, néih séung ngóh máaih mātgwái yéh sāangyaht láihmaht béi néih a?	講返你生日嘞，你想我買乜鬼嘢生日禮物俾你呀？	再回頭説到你生日，你希望我買甚麼生日禮物給你呢？
Síu-yin:	小燕：	
…	……	……

2   詞語

	耶魯拼音	廣東話	普通話	English
1	juhnghaih	仲係	還是	still
2	jīmáh	之嘛	（不過）……罷了	sentence final particles meaning "only"
3	sèhng M	成 M	整 M	whole
4	sek	錫	疼 / 吻	love, kiss
5	wàihyáuh … hái lā / bá lā	唯有……喺啦 / 罷啦	只有 / 只能 / 只好……吧	the only thing one can do is …
6	A-màh	阿嫲	奶奶	grandma
7	A-yèh	阿爺	爺爺	grandpa
8	gwojó sān	過咗身	去世了	passed away
9	gājē	家姐	姐姐	elder sister
10	sailóu	細佬	弟弟	younger brother
11	pàaih	排	排行	telling the order of birth among one's siblings
12	maih… lō	咪……囉	不是……嗎 / 那就……啦	…, isn't it? / …, then just …
13	jouhyéh	做嘢	做事 / 工作	work
14	bōsí / lóuhsai	波士 / 老細	老闆	boss
15	lóuhdauh	老豆	爸爸	dad
16	m̀sái fōng	唔使慌	別指望	don't expect that
17	sāudāk gūng	收得工	可以下班	can finish work

	耶魯拼音	廣東話	普通話	English
17.1	fonggūng	放工	下班	off work
18	gwái (séi) gam Adj.	鬼（死）咁 Adj.	怪 Adj. 的	so Adj.
18.1	hóu gwái (séi) Adj.	好鬼（死）Adj.	蠻 Adj.	very Adj.
19	dāk	得	只有	only got
20	fēiyùhng	菲傭	菲律賓傭工	Filipino domestic helper
21	léih	理	管 / 照顧	take care, care
22	jauh / ji jān	就 / 至真	才是（實情）	and that's the truth
23	jouh m̀dóu	做唔倒	做不來	cannot do
24	táijyuh	睇住	看着 / 照顧 / 當心	take care of, look after, keep an eye on, watch out
25	héiláu	起樓	蓋樓房	build houses
26	bok	搏	賣力	very hard working
27	naauhgāau / ngaaigāau	鬧交 / 嗌交	吵架	quarrel
27.1	dágāau	打交	打架	fight
28	jíngjínghá	整整吓	慢慢地 / 漸漸地	gradually
29	gónggónghá	講講吓	説着説着	by the way
30	jíng	整	弄 / 修理	make, do, repair
31	sáusai	手勢	手藝	skill
32	góngfāan	講返	説回	back to the topic

3　附加詞彙

3.1　有關"死亡"的用語

耶魯拼音	廣東話	耶魯拼音	廣東話
gwojó sān	過咗身	séijó	死咗
m̀háidouh	唔喺度	dēngjó	釘咗
heuijó	去咗	gwājó (lóuhchan)	瓜咗（老襯）
jáujó	走咗	hēungjó	香咗

3.2　一般職業名稱

	耶魯拼音	廣東話
1.	geijé	記者
2.	gíngchaat / chāaiyàhn / chāailóu	警察 / 差人 / 差佬*
3.	gīnggéi	經紀
4.	gūngmouhyùhn	公務員
5.	gūngyàhn	工人
6.	leuhtsī	律師
7.	màhnyùhn	文員
8.	sauhfoyùhn	售貨員 / 推銷員
9.	sēungyàhn	商人
10.	sīgēi	司機
11.	síufáan	小販
12.	sīufòhngyùhn	消防員
13.	yàuhchāai	郵差
14.	yīsāng	醫生

15.	wuhsih / gūnèuhng	護士 / 姑娘

* "lóu 佬" 和 "pó 婆" 可加在名詞、形容詞或動賓結構後面，可用於表示職業的俗稱，但稍有貶義，如："的
士佬"、"裝修佬"、"垃圾婆" 等。

4　語音練習：聲調（一）M.L.、L.R.

廣東話六個聲調之中，H.L.、H.R. 及 L.F. 較容易掌握。其他三個，普通話中沒有
近似的聲調，因此相對較難。

4.1　M.L. ─ H.L.

dá fógei	打夥記	dá fógēi	打火機
mìhngsing	名勝	mìhngsīng	明星
ga chē	架車	gājē	家姐
gaijuhk	繼續	gāijūk	雞粥
saiyàhn	世人	sāiyàhn	西人
màhnfa	文化	màhn fā	聞花
leng néui	靚女	lēng mūi	靚妹
saigaai	世界	sai gāai	細街
jeukjái	雀仔	jēutjái	卒仔
hon gāan	漢奸	hōngāang	看更
jichìh	致辭	jīchìh	支持

4.2　M.L. ─ H.R.

júngtung	腫痛	júngtúng	總統
lóuhchan	老襯	lóuh Chán	老陳

gwai ngūk	貴屋	gwáingūk	鬼屋
fochē	貨車	fóchē	火車
m̀ siu	唔笑	m̀ síu	唔少
taisōu	剃鬚	táisou	睇數
táiseung	睇相	tái séung	睇相

4.3　L.R. 練習

sīk néih	識你	sihk léi	食梨
máahnmáahn	晚晚	maahn máan	慢慢
lóuhchīn	老千	lóchín	攞錢
lóuhfúh	老婦	lóuhfú	老虎

5　短語及句子練習

5.1　dāk 得

助詞，放在動詞後面，以表示行為實現的可能性。

> Kéuih behngjó, gāmyaht m̀fāandāk hohk.
> 佢病咗，今日唔返得學。　（他病了，今天不能上學。）

助詞，放在動詞後面，用以引出動詞的情態。

> Kéuih jouhdāk hóu hóu.　佢做得好好。　（他做得很好。）

動詞，放在名詞性結構前面，表示"只有"的意思。

> Gāmyaht dāk ngóh hái ngūkkéi.　今日得我喺屋企。　（今天只有我在家。）

5.2　dou 到

dougihk 到極

放在形容詞後面，表示很大程度。

Nīdī tìhmbán jānhaih hóusihk dougihk.

呢啲甜品真係好食到極。　（這些甜品真的好吃極了。）

---

dou séi 到死

放在形容詞後面，誇張其嚴重程度，相當於普通話"……得很／要命／厲害"。

guihdouséi　攰到死　（累得要命）	
chòuhdouséi　嘈到死　（吵得要命）	

"到"有時亦可與其他字詞組成新的用語，強調其程度，具有十分誇張的意味。

hóusihk doubei　好食到痹　（好吃得很）
hóuwáan doubātdāklíuh　好玩到不得了　（好玩得很）
ngáahnfan doujan　眼瞓到震　（瞓得要命）
gwaidoubaau　貴到爆　（貴得厲害）

5.3　動詞重疊 + há 吓

單音節動詞重疊 + "吓" 表示該動作正在進行中。

Táitáihá hei, fātyìhn dihnwá héung. 睇睇吓戲，忽然電話響。　（看着看着電影，電話突然響起來。）
Ngóh sihksihkhá faahn, faatgok móuh daai chín. 我食食吓飯，發覺無帶錢。　（吃着吃着，發現我沒帶錢。）

5.4　複合語氣助詞：**jīmáh** 之嘛 / **jēmáh** 啫嘛、**je bo** 啫噃 及 **háilā** 喺啦 / **bálā** 罷啦

jīmáh 之嘛 / **jēmáh** 啫嘛

"之嘛 / 啫嘛"是雙音節的語氣助詞，把事物的性質、程度、數量從低限以予修正，且帶有強調的語氣。

Ngóh yáuh yātbaak mān jīmáh. 我有一百蚊之嘛。　（我只有一百塊而已。）
M̀haih hóu leng jīmáh. 唔係好靚之嘛。　（不是很漂亮嘛。）

je bo 啫噃

"啫噃"表示"只有"的意思，略帶強調的語氣。

Ngóh dāk sahpmān je bo! M̀gau chín máaih! 我得十蚊啫噃！唔夠錢買。　（我只有十塊，不夠錢買。）
Kéuih sahpluhk seui je bo! M̀yámdāk jáu. 佢十六歲啫噃！唔飲得酒。　（他才十六歲，不能喝酒。）

(wàihyáuh) …hái lā / bá lā 唯有……喺啦 / 罷啦

"唯有……喺啦 / 罷啦"表示沒有選擇的餘地，語帶無奈。

Móuh yàhn jyúfaahn, wàihyáuh chēutgāai sihk háilā. 冇人煮飯，唯有出街食喺啦。　（沒有人弄飯，只好到外面吃飯。）
Dī yéh meih jouhsaai, wàihyáuh hōi OT bá lā. 啲嘢未做晒，唯有開 OT 罷啦。　（工作還沒全做完，只有加班吧。）

6　情景說話練習

1. Daai yātjēung ngūkkéiyàhn ge séung làih, tùhng tùhnghohk gaaisiuhháh néihge ngūkkéiyàhn, peiyùh kéuihdeih ge jīkyihp, sihou, duhksyū waahkjé gūngjok ge chìhngyìhng, dángdáng.　帶一張屋企人嘅相嚟，同同學介紹吓你嘅屋企人，譬如佢哋嘅職業、嗜好、讀書或者工作嘅情形等等。

2. Béigaauháh noihdeih tùhng Hēunggóng gūngjok ge chìhngyìhng.　比較吓內地同香港工作嘅情形。

3. Góngháh néih tùhng ngūkkéiyàhn ge gwāanhaih. Bīngo jeui sek néih a? Néih jeui sek bīngo a? Fuhmóuh ge gwāanhaih dím a? Hīngdaih jímuih ge gámchìhng hóu ma?　講吓你同屋企人嘅關係。邊個最錫你呀？你最錫邊個呀？父母嘅關係點呀？兄弟姊妹嘅感情好嗎？

4. Yùhgwó yātgā yàhn jāusìh dōu ngaaigāau, wúih yáuh dī mātyéh mahntàih a? Dímyéung sīnji hóyíh lihng ngūkkéiyàhn ge gwāanhaih yùhnghāp nē?　如果一家人周時都嗌交，會有啲乜嘢問題呀？點樣先至可以令屋企人嘅關係融洽呢？

5. Juhkyúh wah, "Gā yáuh yāt lóuh, yùh yáuh yāt bóu". Néih tùhngyi nī geui syutwah ma? Dímgáai nē?　俗語話："家有一老，如有一寶"。你同意呢句說話嗎？點解呢？

第 8 課　去睇醫生

1　課文

耶魯拼音	廣州話	普通話
Jímìhng kàhmmáahn tùhng tùhng bāan tùhnghohk heuijó Daaihbou dī daaihpàaih dong sihk sīuyé. M̀jī dímgáai fāandou sūkse jíhauh, go tóuh tunghéiséuhnglàih, juhng yauh ngō yauh ngáu. Búnlòih kéuih séung sihkdī sìhngyeuhk jauh syun ge, daahnhaih kéuih sihkjó dī jíngō yeuhk jíhauh, dōu haih gáauṁdihm, yātyeuhng gam sānfú; sēuiyìhn fanlohk chòhng, daahnhaih dím fan dōu fanṁjeuhk, go tàuh juhng hóu wàhn tīm. Sóyíh daihyih jīu yātjóu, kéuih jauh heui hohkhaauh ge Bóugihnchyu tái yīsāng laak.	子明嚟晚同班同學去咗大埔啲大牌檔食宵夜。唔知點解返到宿舍之後，個肚痛起上嚟，仲又痾又嘔。本來佢想食啲成藥就算嘅，但係佢食咗啲止痾藥之後，都係搞唔掂，一樣咁辛苦；雖然瞓落牀，但係點瞓都瞓唔着，個頭仲好暈添。所以第二朝一早，佢就去學校嘅保健處睇醫生嘞。	子明昨天晚上跟他班上的同學去大埔的大排檔吃夜宵了，不知道為甚麼回到宿舍之後，肚子痛起來了，而且又拉又吐。他原本想吃點成藥就可以了，但是他吃了止瀉藥之後，還是不好，還是那麼難受；雖然躺在牀上，但是怎麼睡也睡不着，頭還很暈。所以第二天一早，他就到學校的保健處去看病了。
Kéuih heui dānggeichyu gwahouh, wuhsih giu kéuih tìhn jēung bíu. Kéuih tìhnhóu jíhauh, wuhsih jauh tùhng kéuih taamyiht. Kéuih yáuh síusíu faatsīu, sipsih 38 douhgéi. Wuhsih giu kéuih chóhhái yīsāng fóng mùhnháu dáng giu méng. Kéuih dáng gin yīsāng gójahnsí, gam ngāam gindou Hon-màhn.	佢去登記處掛號，護士叫佢填張表。佢填好之後，護士就同佢探熱。佢有少少發燒，攝氏 38 度幾。護士叫佢坐喺醫生房門口等叫名。佢等見醫生嗰陣時，咁啱見到漢文。	他到掛號處掛號，護士請他填一張表。他填了之後，護士就給他量体溫。他有點兒燒，攝氏 38 度多。護士讓他坐在醫生房門口等叫名字。他等着見醫生的時候，剛巧遇見了漢文。
Jí-mìhng: Hon-màhn, dímgáai háidouh gindóu néih gé? Néih m̀syūfuhk àh?	子明： 漢文，點解喺度見倒你嘅？你唔舒服啊？	漢文，你怎麼在這兒？你不舒服嗎？

耶魯拼音	廣州話	普通話
Hon-màhn:	漢文：	
Haih a, ngóh m̀jī haih maih láahngchān, jóu géi yaht hàuhlùhng hōichí tung, sāumēi yauh làuh beihséui, yauh máahng dá hātchī; nīgéi yaht juhng jāusān gwāttung, tàuhwàhn sān hing, sihk yéh móuhsaai waihháu; yehmáahn kātdou fanm̀dóu. Yìhgā làuhgám gam sāileih, yùhgwó chyùhnyíhm béi dī tùhnghohk, yéhdóu kéuihdeih jauh m̀hóu lā, sóyíh séung m̀tái yīsāng dōu m̀dāk. Gám néih nē, néih bīndouh m̀tóh a?	係呀，我唔知係咪冷親，早幾日喉嚨開始痛，收尾又流鼻水，又猛打乞嚏；呢幾日仲周身骨痛，頭暈身燶，食嘢冇晒胃口；夜晚咳到瞓唔倒。而家流感咁犀利，如果傳染俾啲同學，惹倒佢哋就唔好啦，所以想唔睇醫生都唔得。嗽你呢，你邊度唔妥呀？	對，我不知道是不是着涼了，前幾天嗓子開始疼，後來又流鼻涕，又不停地打噴嚏；這幾天還全身骨頭疼，頭暈發熱，吃東西也沒有胃口；晚上咳嗽咳得不能睡。現在流感那麼厲害，如果傳染給其他同學，那就不好了，所以想不看病也不成。那麼，你呢，你哪裏不舒服？
Jí-mìhng:	子明：	
Ngóh nám ngóh haih chèuhngwaihyìhm. Kàhmmáahn sihkyùhn sīuyé jīhauh, hónàhng haih dī yéh m̀gōnjehng, ngōdou ngóh sáuyùhn geukyúhn! Daaihpàaihdong nīdī deihfōng yauh haih béigaau wūjōudī ge.	我諗我係腸胃炎。噚晚食完宵夜之後，可能係啲嘢唔乾淨，痾到我手軟腳軟！大牌檔呢啲地方又係比較污糟啲嘅。	我想我是腸胃炎。昨晚吃完夜宵之後，可能是那些東西不乾淨，拉肚子拉得我全身酸軟無力！飲食攤兒這些地方又是挺髒的。
Hon-màhn:	漢文：	
Nī géigo yuht jānhaih hóudō yàhn behng. Kàhmyaht hái tòuhsyūgún johngdóu Bóu-jān, kéuih wah kéuih chìhn géi yaht yiu giu baahk chē yahp gāpjingsāt. Búnlòih kéuih seuhnggo láihbaai yíhgīng daaih sēungfūng ga la, daahnhaih kéuih séung yingfuh háausíh sīn, sóyíh móuh heui tái yīsāng, jēutjī gáaudou faiyìhm, jyuhjó léuhng yaht yīyún. Kéuih ngāamngāam chìhnyaht chēutyún jīmáh! Bātgwo ngóh gin kéuihge jīngsàhn juhnghaih màhmádéi. Yáuh behng jānhaih m̀hóu tō!	呢幾個月真係好多人病。噚日喺圖書館撞倒寶珍，佢話佢前幾日要叫白車入急症室。本來佢上個禮拜已經大傷風㗎喇，但係佢想應付考試先，所以冇去睇醫生，卒之搞到肺炎，住咗兩日醫院。佢啱啱前日出院之嘛！不過我見佢嘅精神仲係嘛嘛哋。有病真係唔好拖！	這幾個月真是有很多人生病。昨天在圖書館遇見寶珍，她說她幾天前由救護車送進急診室了。原本她上個禮拜已經重傷風了，但是她想先應付考試，所以沒有去看病，終於弄成了肺炎，住了兩天醫院。這不她前天才剛出院！但是我看她的精神還是不太好。有病真是不能拖的！

耶魯拼音	廣州話	普通話
Jí-mìhng: Gám, Bóu-jān hóufāansaai ga la hó? Kéuih sáim̀sái táu dō géiyaht sīnji fāanhohk a?	子明： 噉，寶珍好返晒㗎喇呵？佢使唔使唞多幾日先至返學呀？	那麼，寶珍完全康復了嗎？她要不要多休息幾天才上學呢？
Hon-màhn: Yùhgwó kéuih chēutdākyún, yīnggōi hóufāansaai la gwa. Bātgwo kéuih jānhaih taai gánjēung duhksyū la. Kéuih béi jihgéi taai daaih ngaatlihk, gáaudou yáuhsìh jīngsàhn dōu yáuhdī fóngfāt, ngóh hóu gēng kéuih wúih jīngsàhnsēuiyeuhk. Yìhgā gam dō yàhn yáuh yīkwātjing, yūkháh wúih jihsaat dōu m̀dihng ga, néih wah haih m̀haih a?	漢文： 如果佢出得院，應該好返晒嘑啩。不過佢真係太緊張讀書嘑。佢俾自己太大壓力，搞到有時精神都有啲恍惚，我好驚佢會精神衰弱。而家咁多人有抑鬱症，郁吓會自殺都唔定㗎，你話係唔係呀？	如果她可以出院，大概應該完全恢復了。但是她真的太看重唸書了，她給自己太大壓力，弄得有時候精神都有點兒恍惚，我很擔心她會神經衰弱。現在那麼多人有抑鬱症，説不定會自殺的，你説對不對呢？
Jí-mìhng: Néih góngdāk hóu ngāam. Ngóhdeih sāngléih tùhng sāmléih ge gihnhōng dōuhaih yātyeuhng gam juhngyiu, ngóhdeih jānhaih yiu bóuchìh sān sām dōu gihnhōng a!	子明： 你講得好啱。我哋生理同心理嘅健康都係一樣咁重要，我哋真係要保持身心都健康呀！	你説得很對。我們生理和心理的健康都是一樣的重要，我們真的要保持身心都健康啊！

2　詞語

	耶魯拼音	廣東話	普通話	English
1	daaihpàaih dong	大牌檔	大排檔	food stall
2	sīuyé	宵夜	（吃）夜宵	midnight snack
3	ngō	痾	拉肚子	diarrhea
4	ngáu	嘔	吐	vomit
5	gáau m̀dihm	搞唔掂	弄不好	cannot handle
6	fanlohk chòhng	瞓落牀	躺在牀上	lie down on bed
7	dím fan dōu fan m̀jeuhk	點瞓都瞓唔着	怎麼睡也睡不着	no matter how one tries, one cannot fall asleep
8	tái yīsāng	睇醫生	看病	see a doctor
9	gwahouh	掛號	掛號	register
10	taamyiht	探熱	量體溫	take temperature
11	láahngchān	冷親	着涼	catch a cold
12	sāumēi	收尾	後來 / 最後	later, and then, eventually
13	làuh beihséui	流鼻水	流鼻涕	have a running nose
14	máahng	猛	不停地	intensively and continuously
15	dá hātchī	打乞嗤	打噴嚏	sneeze
16	jāusān	周身	全身	all over (the body)
17	hing	燸	發燙	hot, angry
18	kāt	咳	咳嗽	cough
19	sāileih	犀利	厲害	powerful, marvelous

		耶魯拼音	廣東話	普通話	English
20		yéh	惹	傳染	infect
21		séung m̀...dōu m̀dāk	想唔……都唔得	想不……也不成	cannot help but
22		m̀tóh	唔妥	不對勁兒（身體）	not feeling well
22.1		V tóh	V 妥	妥當	good, well
23		yúhn	軟	酸軟	soar(muscle), weak
24		wūjōu	污糟	骯髒	dirty
25		johngdóu	撞倒	遇到	bump into
26		baahkchē / sahpjihchē / gausēungchē	白車 / 十字車 / 救傷車	救護車	ambulance
27		yahp	入	進	enter
28		jēutjī	卒之	終於	finally
29		gáaudou	搞到	弄得	make, result in
30		tō	拖	拖（延）	defer, drag
31		hóufāan	好返	痊癒	recover
32		la hó	嘑可	（語氣助詞）	sentence final particle used for seeking verification
33		táu	唞	休息	rest
34		la gwa	嘑啩	（語氣助詞）	sentence final particle expressing uncertainty
35		yūkháh... dōu m̀díng / dihng	郁吓……都唔定	説不定會……	would easily

3 附加詞彙

3.1 身體不適現象

	耶魯拼音	廣東話	普通話
1	háutáahm (táahm)	口淡（淡）	口淡無味
2	móuh waihháu	無胃口	胃口不好
3	gáau tóutung	攪肚痛	肚子疼
4	tàuhchek (chek)	頭赤（赤）	頭疼
5	dá láahngjan	打冷震	發抖
6	beihsāk	鼻塞	鼻子不通氣
7	tàahm	痰	～
8	heichyún	氣喘	～
9	yihthei	熱氣	上火
10	jaih	滯	消化不良
11	sāang fēijī	生痱滋	長口瘡
12	hàhn	痕	癢
13	bei	痹	發麻
14	chāugān	抽筋	～
15	fanláigéng	瞓厲頸	落枕
16	sàahn	孱	體質衰弱

3.2 醫藥用語

	耶魯拼音	廣東話
1	dájām	打針
2	yeuhkséui yeuhkyún	藥水 藥丸
3	yīsāng jí	醫生紙
4	gaaklèih	隔離
5	làuhyī	留醫
6	jiu X-gwōng	照 X－光
7	jouh sáuseuht / hōidōu	做手術 / 開刀
8	mahtléih jihlìuh	物理治療
9	làuhyún gūnchaat	留院觀察
10	sāntái gímchàh	身體檢查
11	dohkgōu	度高
12	bohngchúhng	磅重
13	lèuhng hyutngaat	量血壓
14	chāuhyut	抽血
15	yihmhyut	驗血
16	yihm síubihn / yihm niuh	驗小便 / 驗尿

4　語音練習：聲調（二）L.L. 練習

4.1　L.L. ─ H.L.

láihbaaiyaht	禮拜日	láihbaaiyāt	禮拜一
seuhngsī	上司	sēungsī	相思
Yahtbún yàhn	日本人	yātbūn yàhn	一般人
jyuhyún	住院	jyūyéun	豬膶
yahtyaht	日日	yātyaht	一日
dihnnóuh	電腦	dīn lóu	癲佬
tóuhngoh	肚餓	tóuhngō	肚痾
wahnlyuhn	混亂	wānnyúhn	温暖
lyuhn tàuhfaat	亂頭髮	lyūn tàuhfaat	鬈頭髮
baahk sihk	白食	baahk sīk	白色

4.2　L.L. ─ H.R.

sailouh	細路	sailóu	細佬
cháaufaahn	炒飯	cháaufán	炒粉
séung hoih yàhn	想害人	Seuhnghói yàhn	上海人
beihmíhn	避免	béimín	俾面

4.3　L.L. ─ M.L.

beihsyú	避暑	beisyū	秘書
lòhbaahk	蘿蔔	lóuhbaak	老伯
haauhfuhk	校服	haaufuhk	孝服
chìhsihn	慈善	chīsin	黐線
gauhjūng	舊鐘	gaujūng	夠鐘
daaihgāai	大街	daaigāai	帶街
baahksih	白事	baaksih	百事
ngoihgwok	外國	ngoigwok	愛國

5 短語及句子練習

5.2 結果補語：jeuhk 着、dihm 掂、héi 起、laahn 爛 及 chān 親

jeuhk 着

廣東話的結果補語"着"，除描述人進入了睡眠狀態外，也可表示燈火亮了，或機器開動了。

dímjeuhk laahpjūk　點着蠟燭	（把蠟燭點了）
hōijeuhk dihnnóuh　開着電腦	（把電腦開了）

dihm 掂

"掂"是"妥當"，"弄好"的意思。

Ngóh jouhdihm dī yéh jauh làih.　我做掂啲野就嚟。	（我辦妥事情就來。）

"掂"亦可單獨作動詞述語

Nīpàaih kéuih hóu dihm.　呢排佢好掂。	（最近他事事順利／很有點兒錢。）

héi 起

"起"有"在一定時間之內完成"的意思。

jouhhéi laak　做起嘞	（做完了）

laahn 爛

"爛"有"破損、毀壞"的意思。

Kéuih dálaahn jek wún.　佢打爛隻碗。	（他打破一個碗。）
M̀hóu jínglaahn dī yéh.　唔好整爛啲野。	（別把東西弄壞。）

☞　"jeuhk 着"、"dihm 掂"、"héi 起" 及 "laahn 爛" 可加在體貌助詞 "saai 晒" 之前，
　　組成複合結果補語，添加 "全部" 的意思。

dímjeuhksaai dī laahpjūk　點着晒啲蠟燭　（把蠟燭全點上）
gáaudihmsaai dī yéh　搞掂晒啲嘢　（事情全辦妥了）
jouhhéisaai dī gūngfo　做起晒啲功課　（所有的功課都做完了）
dálaahnsaai dī wún.　打爛晒啲碗　（碗全給打破了）

chān 親

"chān 親" 表示受一種動作所影響，導致對身體有某種傷害。

láahngchān　冷親　（着涼）
chitchān　切親　（割傷）
haakchān　嚇親　（嚇着）
ditchān　跌親　（跌傷）
wāt / náuchān　屈 / 扭親　（扭傷）
luhkchān　淥親　（燙傷）
kángchān　哽親　（噎着）

☞　"chān 親" 除用作結果補語，也可用作助詞，放在動詞後面，表示該動作一發生就
　　會引起某種反應，與 "都" 或 "就" 配搭使用。

Kéuih heuichān Jīmsājéui jauh máaih hóudō yéh. 佢去親尖沙咀就買好多嘢。　（他每次去尖沙咀都買很多東西。）

5.2 yūkháh...dōu m̀dihng / díng 郁吓……都唔定

這個句型表示“說不定會……”的意思。

Go tīn gam hāak, yūkháh wúih lohkyúh dōu m̀dihng. 個天咁黑，郁吓會落雨都唔定。（天那麼黑，説不定會下雨。）

5.3 複合語氣助詞：la gwa 嘑啩、la hó 嘑可 及 la mē 嘑咩

“嘑”意情況改變，“啩”表示猜想，“可”表示求證，“咩”表示疑問。

la gwa 嘑啩

Kéuih tīngyaht fāanhohk la gwa! 佢聽日返學嘑啩！（他明天也許上學吧！）
Kéuih hóufāan la gwa! 佢好返嘑啩！（我猜他病好了！）

la hó 嘑可

Gaujūng la hó? 夠鐘嘑可？（時間到了，是吧？）
Néih múhnyi la hó? 你滿意嘑可？（你滿意了，是吧？）

la mē 嘑咩

Néih sihk gam síu jauh báau la mē? 你食咁少就飽嘑咩？（你吃那麼少就夠了嗎？）
Néih m̀làih la mē? 你唔嚟嘑咩？（你不來了嗎？）

6　情景說話練習

1.　Néih m̀syūfuhk, heui bóugihnchyu tái yīsāng. Néih tùhng yīsāng góng néih bīndouh m̀tóh.　你唔舒服，去保健處睇醫生。你同醫生講你邊度唔妥。

2.　Néih tùhng tùhnghohk heui dá bīnlòuh. Fāandou sūkse móuh géinói, go tóuh hóu tung, yauh ngō yauh ngáu, néih jīkhāak heui tái yīsāng. Néih chèuihjó tùhng yīsāng góng néihge behngchìhng jīngoih, juhng góng néih sihkjó dī mātyéh, tùhng heui bīndouh sihk.　你同同學去打邊爐，返到宿舍有幾耐，個肚好痛，又痾又嘔，你即刻去睇醫生。你除咗同醫生講你嘅病情之外，仲講你食咗啲乜嘢，同去邊度食。

3.　Néih haih yātgo yīsāng. Yìhgā haih làuhgám gōufūngkèih, néih heui yātgāan hohkhaauh yíngóng, fūyuh dī hohksāang jyuyi goyàhn tùhng gūngjung waihsāng.　你係一個醫生。而家係流感高峰期，你去一間學校演講，呼籲啲學生注意個人同公眾衛生。

4.　Gónghắh dímgáai yìhgā yuht làih yuht dō yàhn jīngsàhn gihnhōng yáuh mahntàih. Kéuihdeih yiu mihndeui dī mātyéh ngaatlihk? Yáuh mātyéh gáamhēng ngaatlihk ge fōngfaat a?　講吓點解而家越嚟越多人精神健康有問題。佢哋要面對啲乜嘢壓力？有乜嘢減輕壓力嘅方法呀？

5.　Néih haih yātgo chánsó wuhsih, gónghắh néihge yahtsèuhng gūngjok.　你係一個診所護士，講吓你嘅日常工作。

第9課 介紹香港

1 課文

耶魯拼音	廣東話	普通話
Gāmyaht daaihhohk háauyùhn síh, Hon-màhn, Bóu-jān yeukmàaih Jí-mìhng tùhng Méih-méih chēutgāai hīngsūngháh. Jí-mìhng tùhng Méih-méih wah yáuh hóudō Hēunggóng ge deihfōng juhng meih heuigwo, kéuihdeih giu Bóu-jān tùhng Hon-màhn daai kéuihdeih seiwàih wáanháh. Hon-màhn tùhng Bóu-jān gánghaih yīngsìhng lā. Kéuihdeih jīujóu wúih heui Hēunggóng Lihksí Bokmahtgún tùhng Taaihūnggún, ngaanjau hái Jīmsājéui sihk "pouhfēi", hahjau heui Sāandéng, yehmáahn jauh hái Làahngwaifōng sihkfaahn tùhng yámyéh.	今日大學考完試，漢文、寶珍約埋子明同美美出街輕鬆吓。子明同美美話有好多香港嘅地方仲未去過，佢哋叫寶珍同漢文帶佢哋四圍玩吓。漢文同寶珍梗係應承啦。佢哋朝早會去香港歷史博物館同太空館，晏晝喺尖沙咀食"普飛"，下晝去山頂，夜晚就喺蘭桂坊食飯同飲嘢。	今天大學考完試了，漢文、寶珍約了子明和美美出外輕鬆一下。子明和美美説香港有很多地方還沒去過，他們叫寶珍和漢文帶他們到處玩玩。漢文和寶珍當然答應了。他們早上會去香港歷史博物館和太空館，中午在尖沙咀吃自助餐，下午到山頂去，晚上就在蘭桂坊吃飯跟喝東西。
(sihk "pouhfēi" gójahn)	(食"普飛"嗰陣)	(吃自助餐的時候)
Méih-méih:	美美：	
Jóují Lihksí Bokmahtgún yáuhchàihsaai Hēunggóng lihksí ge jīlíu, ngóh seuhnggo láihbaai m̀sái máahnmáahn hōi yehchē jéunbeih lihksí haih ge háausíh lā. Jóují làih hàahngháh jauh dāk lā.	早知歷史博物館有齊晒香港歷史嘅資料，我上個禮拜唔使晚晚開夜車準備歷史系嘅考試啦。早知嚟行吓就得啦。	早知道歷史博物館有香港歷史的資料那麼齊全，我上個星期就不用每晚通宵準備歷史系的考試了。早知去走一趟不就行了吧。

耶魯拼音	廣東話	普通話
Bóu-jān: Sēuiyìhn Hēunggóng ge lihksí m̀syun fūkjaahp, daahnhaih heui yātchi bokmahtgún yātdihng m̀sīk ga. Néih chīnkèih m̀hóu m̀ duhksyū a!	寶珍： 雖然香港嘅歷史唔算複雜，但係去一次博物館一定唔識㗎。你千祈唔好唔讀書呀！	雖然香港的歷史不算複雜，但是只去一趟博物館一定學不會的。你千萬別不唸書呀！
Hon-màhn: Haih a, Hēunggóng yìhgā tùhng yíhchìhn hóu m̀tùhng. Hēunggóng yíhchìhn haih yātgo yùhgóng. Yìhgā, Hēunggóng ge yàhnháu dōgwo yíhchìhn hóudō, sóyíh sān síhjan dōu yuhtlàih yuht dō. Gāautūng dōu béi yíhchìhn fōngbihn hóudō. Góngdou Hēunggóng juhngyiu ge lihksí, baatsei nìhn yáuh "Jūng-Yīng Lyùhnhahp Sīngmìhng", yìhgā yáuh "Gēibún Faat", yìhgā ge "Dahksáu" haih …	漢文： 係呀，香港而家同以前好唔同。香港以前係一個漁港。而家，香港嘅人口多過以前好多，所以新市鎮都越嚟越多。交通都比以前方便好多。講到香港重要嘅歷史，八四年有"中英聯合聲明"，而家有"基本法"，而家嘅"特首"係……	是的，香港現在跟以前很不一樣。香港以前是一個漁港。現在，香港人口比以前多了很多，所以新市鎮也越來越多。交通也比以前方便多了。説到香港的重要歷史，八四年有"中英聯合聲明"，現在有"基本法"，現在的"特首"是……
Méih-méih: Wa, māt néih hóuchíh buihsyū gám ga.	美美： 嘩，乜你好似背書嘅㗎。	嘩，為甚麼你好像背書似的。
Bóu-jān: Móuh baahnfaat lā. Kéuih gwaanjó Hēunggóng ge tìhnngaapsīk gaauyuhk jaidouh ā ma. Néih m̀geidāk yáuh yāttìuh háausíh tàihmuhk mahn Hēunggóng gaauyuhk jaidouh mē?	寶珍： 冇辦法啦。佢慣咗香港嘅填鴨式教育制度吖嗎。你唔記得有一條考試題目問香港教育制度咩？	沒辦法。他習慣了香港的填鴨式教育制度吧。你忘了有一道考題是問香港教育制度的嗎？
Méih-méih: Gau la! Yìhgā háauyùhnsíh lā ma, yiu táuháh, ngóhdeih sihkyùhn yéh heui bīn a?	美美： 夠嘑！而家考完試啦嗎，要唞吓，我哋食完嘢去邊呀？	夠了！現在考完試了，要休息一下，我們吃完東西以後去哪裏呢？

耶魯拼音	廣東話	普通話
Bóu-jān: Ngóhdeih sihkyùhn yéh jauh heui Sāandéng hàahngháh tùhng táiháh yehgíng, yehmáahn heui Làahngwaifōng.	寶珍： 我哋食完嘢就去山頂行吓同睇吓夜景，夜晚去蘭桂坊。	我們吃完東西就到山頂去看夜景，晚上去蘭桂坊。
Hon-màhn: Hái sāandéng mohnglohklàih hóyíh mohngdóu hóu lengge fūnggíng. Néih wúih gokdāk dī yàhn wah Hēunggóng haih "Dūngfōng jī jyū", jānhaih móuh góngcho. Làahngwaifōng yáuh hóudō chāantēng, jáubā tùhng dīksihgōu, hóudō ngoihgwokyàhn dōu jūngyi heui gódouh.	漢文： 喺山頂望落嚟可以望倒好靚嘅風景。你會覺得啲人話香港係"東方之珠"，真係有講錯。蘭桂坊有好多餐廳，酒吧同的士高，好多外國人都鍾意去嗰度。	從山頂向下望可以看到很美的風景。你會覺得人們說香港是"東方之珠"真是沒說錯。蘭桂坊有很多餐廳，酒吧跟迪斯科，很多外國人都喜歡去那裏。
Méih-méih: Wai, wai, wai! M̀hóu gam chèuhnghei lā. Nīdouh yahm sihk m̀nāu, m̀sihk dōdī jauh m̀dái la. Yí! Néih gódī hùhngdōngdohng tùhng hākmīmāng ge haih mātyéh làih ga?	美美： 喂，喂，喂！唔好咁長氣啦。呢度任食唔嬲，唔食多啲就唔抵嘑。咦！你嗰啲紅當蕩同黑瞇掹嘅係乜野嚟㗎？	別那麼囉唆。這裏吃多少都沒問題，不多吃點就吃虧。那些紅澄澄和黑乎乎的是甚麼？
Jí-mìhng: Hùhngsīk ge haih yùhsāang, hāksīk nīdī haih jīmàh syutgōu ā ma. Néih tàuhsīn ginm̀dóu mē?!	子明： 紅色嘅係魚生，黑色呢啲係芝麻雪糕吖嗎。你頭先見唔倒咩？！	紅色的是生魚片，黑色的那些是芝麻冰淇淋。你剛才沒看見嗎？！
Méih-méih: Ginm̀dóu a! Ngóh gokdāk Hēunggóng haih yātgo "Méihsihk tīntòhng" jauh jān. Námhéi jauh làuh háuséui la. Ngóh dōu m̀jāpsyū, chēutheui ló dōdī sīn.	美美： 見唔倒呀！我覺得香港係一個"美食天堂"就真。諗起就流口水嘑。我都唔執輸，出去攞多啲先。	沒看見！我覺得香港真是一個"美食天堂"。一想起就流口水了。我也別落在後面，再出去多拿一點。
Hon-màhn: Sái māt gam kàhmchēng a! Máih hohk Hēunggóng yàhn gám fōngséi sihtdái. Ló síusíu siháh sīn lā.	漢文： 使乜咁擒青呀！咪學香港人嘅慌死蝕抵。攞少少試吓先啦。	別急呀！不要學香港人那樣生怕吃虧。先拿一些嚐嚐吧。

耶魯拼音	廣東話	普通話
Méih-méih: Ló dōdī, faisih hàahng géichi lā! Hóuchíh Hēunggóng yàhn jouhyéh gám, jeui gányiu "faai".	美美： 攞多啲，費事行幾次啦！好似香港人做嘢噉，最緊要"快"。	多拿點，省得跑幾趟！好像香港人做事那樣，最要緊是"快"。
(Méih-méih syút yātsēng chēutjó heui)	（美美嘡一聲出咗去）	（美美嗖的一聲就出去了）
Hon-màhn: Maahnmáan sihk, maahnmáan kīng maih géihóu. Mhóu hóuchíh "ngohgwái tàuhtōi" gám ā ma.	漢文： 慢慢食，慢慢傾咪幾好。唔好好似"餓鬼投胎"噉吖嘛。	慢慢吃、慢慢談不好嗎。不要像"餓鬼投胎"那樣。
Jí-mìhng: Néih mhóu giu kéuih la. Jáan sāaihei lā! Méih-méih gam gwáiséi waihsihk, bīndouh wúih tēng néih góng ā.	子明： 你唔好叫佢嘑，盞嘥氣啦！美美咁鬼死為食，邊度會聽你講吖。	別跟他說了，說了也白說！美美那麼饞嘴，哪會聽你。
(Méih-méih lójyuh géi dihp yéhsihk fāanlàih, juhng yáuh gwán yiht laaht ge tòhngséui tīm.)	（美美攞住幾碟嘢食返嚟，仲有滾熱辣嘅糖水添。）	（美美拿着幾碟東西回來，還有熱騰騰的甜湯。）
Hon-màhn: Maahnmáan a làh! Mhóu dóusé a!	漢文： 慢慢呀嗱！唔好倒瀉呀！	慢點！別弄灑呀！
Méih-méih: Sái māt …	美美： 使乜……	用不着……
(Wah háu meih yùhn, bīnglīngbāanglāang, Méih-méih ditsaai dī yéh lohkdeih.)	（話口未完，乒令嘭冷，美美跌晒啲嘢落地。）	（話音未落，噹啷一聲，美美把東西全掉在地上了。）

2 詞語

	耶魯拼音	廣東話	普通話	English
1	yeukmàaih	約埋	約上	invite someone to join in
2	sei(jāu)wàih	四（周）圍	到處	surrounding, everywhere, around
3	yīngsìhng	應承	答應	agree, promise
4	pouhfēi/bouhfēi	普飛	自助餐	buffet
5	yáuhchàih	有齊	全都有	have all
5.1	yáuhchàihsaai	有齊晒	全都有	have all
6	hōiyé	開夜	通宵	overnight
6.1	hōi yehchē	開夜車	～	overnight
6.2	tūngdéng	通頂	通宵	overnight
7	chīnkèih	千祈	千萬	should, be sure to
8	māt	乜	為甚麼	why
9	ā ma	吖嗎		sentence final particle showing annoyance, indicating that the other parties should have known already
10	lā ma	啦嗎		sentence final particle showing emphasis and reconfirmation
11	yahm…m̀nāu	任……唔嬲	隨（你）……都可以	…as you like, as you please
12	hùhng dōngdohng	紅當蕩	紅彤彤	very red
13	hāk mīmāng	黑睖掹	黑乎乎	black in color
14	yùhsāang	魚生	生魚片	raw fish (sashimi)
15	syutgōu	雪糕	冰淇淋	ice-cream
16	jāpsyū	執輸	（因錯過而）吃虧	miss out (some great opportunity)

	耶魯拼音	廣東話	普通話	English
17	mohng	望	看	look
17.1	mohnglohklàih	望落嚟	往下看	look downward
18	chèuhnghei	長氣	囉唆	long-winded
19	sái māt	使乜	哪（兒）用，用不着	no need
20	kàhmchēng	擒青	急	hurry , hasty
21	fōngséi	慌死	唯恐	lest that
22	sihtdái	蝕抵	吃虧／被人佔便宜	be taken advantage of
23	faisih	費事	省得／懶得	in order to avoid…／waste of time
24	maih	咪	不就	isn't it
25	syút yātsēng	嗖一聲	嗖（颼）的一聲	move quickly
26	jáan	盞	真是，還不是，簡直	it will only result to …, really, simply
27	sāaihei	嘥氣	白費工夫	waste of effort
28	waihsihk	為食	饞嘴	gourmand
29	bīndouh wúih…ā?!	邊度會……吖？！	哪會……呀？！	how would…?!
30	gwán yiht laaht	滾熱辣	熱騰騰／很燙	boiling hot
31	tòhngséui	糖水	（廣式）糖水	sweet soup
32	a làh	呀嗱		double sentence final particles indicating "warning", "be careful"
33	dóusé	倒瀉	弄灑／灑	spill
34	wah háu meih yùhn	話口未完	話音未落	immediately after (lit. speaking has not yet finished)
35	bīnglīng bāanglāang	乒令嘭冷	丁零噹啷	sound of glass breaking

3 附加詞彙

3.1 象聲詞介紹

廣東話有不少象聲詞，例如：

	耶魯拼音	廣東話	普通話
1.	bīnglīng bāanglāang	乒令嘭冷	丁零噹啷 （形容碗碟摔破聲，敲打聲，嘈雜聲）
2.	bìhnglīng bàhnglàhng	乒令嘭冷	乒乒乓乓 （形容碰到物件的聲音）
3.	jìhjī jàhmjàhm	吱吱斟斟	嘰嘰咕咕 （形容咬耳朵的聲音）
4.	pīklīk pāaklāak	霹靂拍勒	劈里啪啦 （形容爆裂聲）
5.	hìhhī hèuhhèuh	□□靴靴	氣喘吁吁的 （形容急促的呼吸聲）
6.	sìhlī sàhlàh	時里沙啦	嘩啦啦 （形容雨聲）
7.	jījī jājā	吱吱喳喳	唧唧喳喳 （形容鳥叫，人聲）
8.	syút yātsēng	嘥一聲	颼的一聲 （形容動作快速）
9.	gèuhgéu sēng	噱噱聲	呼呼地 （形容睡覺聲）
10.	bùhkbúk sēng	卜卜聲	怦怦地，嘣嘣地 （形容心跳聲）

3.2　**chīnkèih** 千祈

"千祈"用於叮囑別人一定要做或一定不要做某事。

Gógāan chāantēng ge yéh hóu wūjōu, néih chīnkèih m̀hóu heui a.

嗰間餐廳嘅嘢好污糟，你千祈唔好去呀。　（那個餐館的東西很髒，你千萬別光顧呀！）

Néih tīngyaht heui ngoihgwok léuihhàhng, chīnkèih yiu geijyuh daai wuhjiu tùhng gēipiu a.

你聽日去外國旅行，千祈要記住帶護照同機票呀。　（你明天到外國去旅遊，千萬要記得帶護照和機票。）

3.3　**sáimāt** 使乜、**faisih** 費事 及 **sāaihei** 嘥氣

"使乜"是副詞，表示反問語氣，有沒有必要或不需要的意思。後面可跟動詞、形容詞或句子。

Kéuih ngūkkéi gam káhn, sáimāt chóh dīksí a?

佢屋企咁近，使乜坐的士呀？　（他的家這麼近，哪用坐的士？）

Ngóhdeih haih hóu pàhngyáuh, sáimāt gam haakhei a?

我哋係好朋友，使乜咁客氣呀？　（我們是好朋友，用不着那麼客氣。）

Gó gihn sih gogo dōu jī ga lā, sáimāt néih gongbéi kéuih jī a?

嗰件事個個都知㗎啦，使乜你講俾佢知呀？　（那件事情誰都知道了，哪用你告訴他？）

"費事"是動詞，但後面可跟動詞短語或句子，表示厭煩及不情願做某件事情。

Ngóh gónglàih góngheui kéuih dōu m̀ mìhng, faisih joi tùhng kéuih góng.

我講嚟講去佢都唔明，費事再同佢講。　（我説了很久他都不明白，懶得再跟他説。）

另外，也可表示"以免、免得、省的"的意思。

Ngóh gāmyaht heui tòuhsyūgún, bātyùh bōng néih jemàaih gó bún syū, faisih néih hàahng dō chi.

我今日去圖書館，不如幫你借埋嗰本書，費事你行多次。　（我今天去圖書館，不如幫你把那本書一塊兒借了，省得你再跑一趟。）

> Ngóh dōuhaih jáu sīn la, faisih yātján lohkyúh jáu m̀dóu.
> 我都係走先喇，費事一陣落雨走唔倒。（我還是先走了，免得等會下雨走不了。）

"嘥氣"是動詞，表示白費勁，有不切實際的意思。

> Kéuih sìhsìh dōu góng daaihwah. Néih juhng seun kéuih, sāaihei lā.
> 佢時時都講大話。你仲信佢，嘥氣啦。（他常常撒謊，你還相信他，真是白浪費時間。）

4 語音練習：容易混淆的聲母

4.1 kw — k

kwā	跨	kā	卡	kwuthouh	括號
kwàhn	羣	kàhn	勤	kwòhngyàhn	狂人
kwong	鄺	kong	抗	kwāigéui	規矩
kwán	菌	káhn	近	kwákwàhn	裙裙

4.2 gw — g

gwā	瓜	gā	加	bākgwok	北國	Bākgok	北角
gwāai	乖	gāai	街	yuhtgwōng	月光	gōnggōng	剛剛
gwaan	慣	gāan	間	gāigwāt	雞骨		
gwāi	歸	gāi	雞	gwāisāi	歸西		
gwāt	骨	gāt	桔	gwogwaan	過慣		
gwān	軍	gān	根	góng Gwóngdūngwá	講廣東話		
gwo	過	go	個				

4.3 ch—j

chāt	七	jāt	質	hóu cháu	好醜
chaat	刷	jaat	札	chānyàhn	親人
chēun	春	jēun	樽	chāmyahp	侵入
chīn	千	jīn	煎	jā chē	揸車
chīng	清	jīng	蒸	yātchek	一尺
chit	切	jit	節	chīsin	黐線
chīu	超	jīu	蕉	hóu chèuhng	好長
cho	錯	jó	咗	chòih heui	才去
chóng	廠	johng	撞		
chóu	草	jóu	早		
chūk	畜	jūk	捉		
chyùh	廚	jyú	煮		
chyùhn	全	jyun	轉		

5 短語及句子練習

5.1 比較句式

形容詞加 "gwo 過" 放於比較者中間。

> Gāmyaht yihtgwo kàhmyaht. 今日熱過噚日。 （今天比昨天熱。）

☞ 廣東話比較句型的修飾成分。

> Gāmyaht yihtgwo kàhmyaht hóudō / m̀haih géidō / yātdī / síusíu / dīkgamdō / dīkgamdēu.
> 今日熱過噚日好多 / 唔係幾多 / 一啲 / 少少 / 的咁多 / 的咁朵。 （今天比昨天熱很多 / 不
> 很多 / 一點 / 一點 / 一點點。）

副詞 "juhng 仲" 表示程度增高。

Néih wah chāsīubāau hóusihk, ngóh wah hāgáau juhng hóusihk. 你話叉燒包好食，我話蝦餃仲好食。　（你説叉燒包好吃，我説蝦餃更好吃。）	

"dī 啲" 放在形容詞後表示程度增高。

Gógāan jáudim ge pouhfēi hóu gwai, nīgāan juhng gwaidī tīm. 嗰間酒店嘅普飛好貴，呢間仲貴啲添。　（那酒店的自助餐很貴，這間更貴。）
Faaidī hàahng lā, móuh sìhgaan la.　快啲行啦，冇時間嘑。　（快點走吧，沒時間了。）

5.3　yahm...m̀náu 任……唔嬲

"任……唔嬲" 句型表示可隨便做某事，不用介懷，不用擔心的意思。

Gāmyaht ngóh chéng sihkfaahn, yam giu m̀náu. 今日我請食飯，任叫唔嬲。　（今天我請客，隨便叫。）
Gāmyaht bokmahtgún míhnfai yātyaht, yam tái m̀náu. 今日博物館免費一日，任睇唔嬲。　（今天博物館免費一天，你看多久也沒問題。）

5.3　特別形容詞

廣東話有 ABC 式的三音形容詞，B 和 C 對 A 的意思加以強調或補充，例如：

	耶魯拼音	廣東話	普通話
1.	fālīlūk	花哩綠	花枝招展，花里胡哨
2.	hākmīmāng	黑瞇掹	黑乎乎
3.	futlèhfèh	闊咧啡	逛裏逛蕩，太肥大
4.	jihkbātlāt	直畢甩	直溜溜
5.	hùhngdōngdohng	紅當蕩	紅彤彤
6.	yùhndàhmdèuh	圓揼朵	圓乎乎
7.	yùhngūlūk	圓咕碌	圓滾滾
8.	gwányihtlaaht	滾熱辣	熱騰騰，很燙
9.	jīmbātlāt	尖筆甩	尖尖的

5.4 複合語氣助詞：**ā ma** 吖嗎、**ā máh** 吖嘛、**a làh** 呀嗱、**lā ma** 啦嗎、**làih ga** 嚟㗎 及 **làih ge** 嚟嘅

"ā ma 吖嗎"、"ā máh 吖嘛" 有反詰的語氣及明知故問的意思。

A: Dímgáai néih gam chìh làih a?

點解你咁遲嚟呀？　（為甚麼你來得這麼晚呢？）

B: Gáu dím bun sīn hōichí ā ma!? Néih m̀jī mē?

九點半先開始吖嗎！？你唔知咩？　（九點半才開始！你不知道嗎？）

"a làh 呀嗱" 表示祈使語氣，有警告的意思。

Síusām a làh, yùhgwó m̀haih saht dihtlohk heui ga.

小心呀嗱，如果唔係實跌落去㗎。　（小心，不然一定會掉下去。）

"lā ma 啦嗎" 表示再確認，及請對方重申。有強調語氣。

Néih m̀sihk lā ma, ngóh ló jáu ga la.

你唔食啦嗎，我攞走㗎嘑。　（你不吃了吧，那我拿走它啦。）

"làih ga 嚟㗎" 是疑問助詞，有強調及確認的意思。

Nīdī haih mātyéh làih ga?

呢啲係乜嘢嚟㗎？　（這些是甚麼東西來的？）

Gógo nàahmjái haih bīngo làih ga?

嗰個男仔係邊個嚟㗎？　（那個男孩子是誰？）

"làih ge 嚟嘅"、"làih ga 嚟㗎" 有陳述語氣，帶強調及確認的意思。

Kéuih haih ngóh néuih pàhngyáuh làih ge!

佢係我女朋友嚟嘅！　（她是我的女朋友！）

---

6 情景説話練習

1. Tīngyaht háauyùhn síh, néih séung yeuk géigo tùhnghohk seiwàih wáanháh, hīngsūngháh. Néih yìhgā dá dihnwá béi kéuihdeih gaiwaahkháh.　聽日考完試，你想約幾個同學四圍玩吓，輕鬆吓。你而家打電話俾佢哋計劃吓。

2. Yātgāan dihnsihtòih jouh fóngmahn, chéng néih góngháh néih deui Hēunggóng gaauyuhk jaid-ouh ge táifaat.　一間電視台做訪問，請你講吓你對香港教育制度嘅睇法。

3. Néih séung yeuk dī pàhngyáuh heui sihk "pouhfēi", néih yìhgā tùhng kéuihdeih sēunglèuhng.　你想約啲朋友去食"普飛"，你而家同佢哋商量。

4. Yātgo geijé fóngmahn néih, chéng néih góngháh néih deui Hēunggóng ge yanjeuhng.　一個記者訪問你，請你講吓你對香港嘅印象。

5. Néih sihk "pouhfēi" gójahnsìh, lójyuh taaidō yéh. Néih dóuséjó dī tòhngséui, jíng wūjōujó kèihtā yàhn ge sāam. Yìhgā néih tùhng kéuihdeih góng deuiṁjyuh.　你食"普飛"嗰陣時，攞住太多野。你倒瀉咗啲糖水，整污糟咗其他人嘅衫。而家你同佢哋講對唔住。

第10課 論香港民生

1 課文

耶魯拼音	廣東話	普通話
Hon-màhn, Bóu-jān tùhng Jí-mìhng, Méih-méih sihkyùhn "pouhfēi" jīhauh, jauh yātchàih gwohói heui Jūngwàahn.	漢文、寶珍同子明、美美食完 "普飛" 之後，就一齊過海去中環。	漢文、寶珍跟子明、美美吃完 "普飛" 以後，就一起過海到中環去了。
Hon-màhn: Gwo Hēungggóng góbihn, yāthaih chóh syùhn, yāthaih chóh deihtit waahkjé seuihdouh bāsí, néihdeih jūngyi dím ā?	漢文： 過香港嗰便，一係坐船，一係坐地鐵或者隧道巴士，你哋鍾意點吖？	到香港那邊，要麼坐船，要麼坐地鐵或者隧道巴士，你們喜歡坐甚麼？
Jí-mìhng: Ngóhdeih meih chóhgwo douhhói síulèuhn, m̀ngāam siháh ā.	子明： 我哋未坐過渡海小輪，唔啱試吓吖。	我們還沒坐過渡海小輪，不妨試一試吧。
Bóu-jān: Néih yíngjān síng.	寶珍： 你認真醒。	你真的很聰明。
Méih-méih: Ngoihgwok léuihyàuh jaahpji wah Wàihdōleiha Góng haih yàuhhaak bīt dou ge gíngdím ā ma!	美美： 外國旅遊雜誌話維多利亞港係遊客必到嘅景點吖嘛。	外國旅遊雜誌說維多利亞港是遊客必到的景點嘛。
Kéuihdeih heuidou Jūngwàahn, Bóu-jān yiu heui ngàhnhòhng lóchín sīn.	佢哋去到中環，寶珍要去銀行攞錢先。	他們到了中環，寶珍要先去銀行拿錢。
Yahpdou ngàhnhòhng.	入到銀行。	進了銀行。
Méih-méih: Wa, jouh māt gam hēuihahm gé?	美美： 嘩，做乜咁墟冚嘅？	唷，怎麼這麼熱鬧，人這麼多呢？

耶魯拼音	廣東話	普通話
Bóu-jān: Gāmyaht haih yuhttàuh chēutlèuhng ā ma. Nīgāan ngàhnhòhng yáuh gam dō "kāangtá", hóu faai jauh dāk ga la.	寶珍： 今日係月頭出糧吖嗎。呢間銀行有咁多 "coun-tá"，好快就得㗎嘛。	今天是月初發工資。這家銀行有那麼多櫃枱，很快就會辦完。
Hon-màhn: Hēunggóng haih saigaai sāam daaih gāmyùhng jūngsām jī yāt, ngàhnhòhng juhng dōgwo máihpóu, fuhkmouh yauh faai yauh jéunkok yauh dōyùhnfa, haauhléut yauh gōu ga.	漢文： 香港係世界三大金融中心之一，銀行仲多過米舖，服務又快又準確又多元化，效率又高㗎。	香港是世界三大金融中心之一，銀行比米舖還多，服務又快又準確又多元化，效率很高。
Bóu-jān: A! Hóuchói yùhnlòih ngóh dōu yáuh līng tàihfúnkāat.	寶珍： 呀！好彩原來我都有拎提款咭。	啊！幸好原來我也帶了提款咭。
Hon-màhn: Gám néih mòuhwaih pàaihdéui la, gahmchín maih dāk lō.	漢文： 噉你無謂排隊嘞，撳錢咪得囉。	那你不必排隊了，用提款機提款不就行了嗎？
Kéuihdeih gaijuhk hái Jūngwàahn seiwàih dohkháh.	佢哋繼續喺中環四圍踱吓。	他們繼續在中環逛街。
Méih-méih: Nī kēui gam dō gōulàuh daaihhah, mahtjātjāt gám.	美美： 呢區咁多高樓大廈，密質質噉。	這一區那麼多高樓大廈，密密麻麻的。
Jí-mìhng: Tēnggóng Hēunggóng ge làuhga hóu gwai ge bo.	子明： 聽講香港嘅樓價好貴嘅嘛。	聽說香港的樓價很貴。
Hon-màhn: Gwáigwai dōu móuh baahnfaat lā, Hēunggóng deih síu yàhn dō, gēuijyuh wàahngíng hóu bīkgihp, hóudō yàhn yātgā géi háu dōu haih jyuh dauhfuhyéun gam dāaidāai ge deihfōng ga ja.	漢文： 貴貴都冇辦法啦，香港地少人多，居住環境好逼狹，好多人一家幾口都係住豆腐膶咁大大嘅地方㗎咋。	多貴也沒辦法了，香港地少人多，居住環境很擠，很多人一家幾口也只是住在豆腐乾那麼小的地方。

耶魯拼音	廣東話	普通話
Kéuihdeih yātlouh hàahngdou Seuhngwàahn, gīnggwo máhwúi tàuhjyujaahm.	佢哋一路行到上環，經過馬會投注站。	他們一直走到上環，經過馬會投注站。
Bóu-jān: Gāmyaht páaumáh, m̀gwaaidāk léuihbihn yàhntàuh yúngyúng lā, ngoihbihn juhng yáuh dī yàhn māuháidouh tái máhgīng, yātbihn jājyuh go sāuyāmgēi tēngmáh.	寶珍： 今日跑馬，唔怪得裏便人頭湧湧啦，外便仲有啲人踎喺度睇馬經，一便揸住個收音機聽馬。	今天賽馬，怪不得裏邊人那麼多，外面還有些人蹲在那裏看馬經，一邊拿着收音機聽賽馬。
Jí-mìhng: Māt Hēunggóng yàhn gam jūngyi dóumáh ga mē!	子明： 乜香港人咁鍾意賭馬㗎咩！	香港人就是那麼喜歡賽馬的嘛！
Bóu-jān: Kèihsaht máhwúi m̀haih jihnghaih béi yàhn dóumáh, kéuih juhng haih yātgo chìhsihn gēigwāan làih ga.	寶珍： 其實馬會唔係淨係俾人賭馬，佢仲係一個慈善機關嚟㗎。	其實馬會不只是讓人賽馬，它還是一個慈善機關。
Hon-màhn: Ngóh daai néihdeih daap chyùhn saigaai jeui chèuhng ge sātngoih hàhngyàhn dihntāi ā làh.	漢文： 我帶你哋搭全世界最長嘅室外行人電梯吖嗱。	我帶你們坐全世界最長的室外扶手電梯吧。
Jí-mìhng, Méih-méih: Hóu aak.	子明、美美： 好呃。	好。
Bóu-jān: Ngóhdeih yauh hóyíh heui Hòhléihwuht Douh kwaangháh dī gúdúngdim, gānjyuh heui táiháh Màhnmóuh Míu.	寶珍： 我哋又可以去荷李活道逛吓啲古董店，跟住去睇吓文武廟。	我們也可以到荷李活道逛一下那些古董店，然後去看看文武廟。
Kéuihdeih heuidou Màhnmóuh Míu.	佢哋去到文武廟。	他們到了文武廟。
Méih-méih: Nīdouh hóudō yàuhhaak bo!	美美： 呢度好多遊客噃！	這裏遊客真多呀！

耶魯拼音	廣東話	普通話
Hon-màhn: Léuihyàuhyihp haih Hēunggóng ge gīngjai jīchyúh làih gā ma, hóu dō hòhngyihp dōu kaausaai yàuhhaak ga ja.	漢文： 旅遊業係香港嘅經濟支柱嚟㗎嗎，好多行業都靠晒遊客㗎咋。	旅遊業是香港的經濟支柱嘛，很多行業都是全靠遊客支持的。
Bóu-jān: Hēunggóng m̀jí haih méihsihk tīntòhng, yauh haih kaumaht tīntòhng. Yìhgā gīngjai gam chā, jihngdāk léuihyàuhyihp juhng haih díngdākjyuh, juhng haih gam wohng ga ja.	寶珍： 香港唔止係美食天堂，又係購物天堂。而家經濟咁差，淨得旅遊業仲係頂得住，仲係咁旺㗎咋。	香港不只是美食天堂，又是購物天堂。現在經濟那麼差，只有旅遊業還撐得住，還是那麼旺。
Jí-mìhng: Gám néih duhk Jáudim Gúnléih kahp Léuihyàuh maih ngāamsaai lō.	子明： 噉你讀酒店管理及旅遊咪啱晒囉。	那你唸酒店管理及旅遊不是很對了嗎？
Méih-méih: Nīgo haih ge chēutlouh m̀wúih chā gé.	美美： 呢個系嘅出路唔會差嘅。	這個系的出路不會很差的。
Kéuihdeih ńghdím séuhngdou sāandéng, táiyùhn yahtlohk, sihkyùhn faahn, jauh chóh laahmchē lohkfāan Jūngwàahn, heui Làahngwaifōng yātgāan jáubā yámyéh, taanfāan gau bún.	佢哋五點上到山頂，睇完日落，食完飯，就坐纜車落返中環，去蘭桂坊一間酒吧飲嘢，歎返夠本。	他們五點到了山頂，看了日落，吃了飯，就坐纜車下山回到中環，又到蘭桂坊一個酒吧去喝東西，盡情享受了一番。

2 詞語

	耶魯拼音	廣東話	普通話	English
1	yāthaih…, yāthaih…	一係……, 一係……	要麼……, 要麼……	either… or …
2	bāsí	巴士	公共汽車	bus
3	m̀ngāam	唔啱	何不 / 不如	why not, how about
4	yíngjān	認真	真的非常	really very
5	síng (muhk)	醒（目）	聰明	smart
6	ló	攞	拿	get, take
7	jouh māt (yéh)	做乜（嘢）	為甚麼	why, how come
7.1	jouh mē (yéh)	做咩（嘢）	怎麼這麼	
8	hēuihahm	墟冚	人山人海 / 鬧哄哄	crowded and busy
9	yuhttàuh	月頭	月初	beginning of a month
9.1	yuhtméih	月尾	月底	end of a month
10	chēutlèuhng	出糧	拿 / 發工資	pay or receive salary
11	kāangtá		櫃枱	a loan word for "counter"
12	ga la	㗎喇	的了	double sentence final particles used for showing emphasis
13	nīng / līng	拎	拿 / 帶	bring along
13.1	nīk / līk	搦	拿 / 帶	hold
14	mòuhwaih	無謂	不必 / 沒必要	not necessary
15	gahmchín / gahmgēi	撳錢 / 撳機	在銀行自動櫃員機提款	withdraw money from ATM (automatic teller machine)
16	máihpóu	米舖	賣米的舖子	rice shop
16.1	poutáu	舖頭	舖子 / 店舖	shop

	耶魯拼音	廣東話	普通話	English
17	dohkháh	踱吓	走走／逛逛	walk around
18	mahtjātjāt	密質質	密密麻麻	dense, very close together
19	gwáigwai	貴貴	無論多貴	no matter how expensive
19.1	gwaiyātgwai	貴一貴	無論多貴	no matter how expensive
20	bīkgihp	逼狹	擠	overcrowded, congested
21	yātgā géi háu	一家幾口	一家數口	a family of several
22	dauhfuhyéun gam dāaidāai	豆腐膶咁大大	豆腐乾那麼小	as small as a cube of bean curd
23	ga ja	㗎咋	只是……罷了	double sentence final particles meaning "only" or "that's all"
24	yātlouh	一路	一直	go straight ahead
25	páaumáh	跑馬	賽馬	horse racing
26	m̀gwaaidāk…lā	唔怪得……啦	怪不得／難怪	no wonder
27	yàhntàuh yúngyúng	人頭湧湧	人很多	crowded
28	māuháidouh	踎喺度	蹲在那裏	crouch
29	jājyuh	揸住	拿着	hold
30	ga mē	㗎咩	的麼	double sentence final particles expressing surprise or doubt
31	jihnghaih	淨係	只是	only
32	jihng (haih) dāk	淨（係）得	只有	only got
33	ā làh	吖嗱	好吧	double sentence final particles used for giving suggestions or warning

	耶魯拼音	廣東話	普通話	English
34	gānjyuh	跟住	接着	and then
35	gā ma	㗎嗎	的啊	double sentence final particles used for reassuring something or giving soft warning
36	díngdākjyuh	頂得住	撐得住	can keep on
37	taan	歎	享受	enjoy, relax
38	V fāan gau bún	V 返夠本	V 個痛快	have a good time

3　附加詞彙

3.1　m̀ngāam 唔啱

"唔啱"除了有"不對"的意思外，還有"不如……吧"的意思，句末要用助詞。

> Tīnhei gam yiht, m̀ngāam heui yàuhséui ā.
> 天氣咁熱，唔啱去游水吖。　（天氣那麼熱，不如去游泳吧。）

> Gógāan poutáu sān hōijēung, m̀ngāam heui siháh lo / ā làh.
> 嗰間舖頭新開張，唔啱去試吓囉 / 吖嗱。　（那個舖子新開的，不如去試試吧。）

3.2　jouh mē / mātyéh 做咩 / 乜嘢

"做咩 / 乜嘢"除了有"做甚麼"的意思外，還有"為甚麼"的意思。

> Kéuih jouh mē m̀làih a?　佢做咩唔嚟呀？　（他為甚麼不來？）

> Néih jouh mātyéh gam nāu a?　你做乜嘢咁嬲呀？　（你怎麼那麼生氣？）

3.3　mòuhwaih 無謂

"無謂"除了作副詞外，也可作形容詞用。

Ngóhdeih mòuhwaih dáng kéuih la.　我哋無謂等佢嘑。　（我們不必／沒必要再等他了。）
Máaihmàaihsaai dī mòuhwaih (ge) yéh. 買埋晒啲無謂（嘅）嘢。　（買的全是不急用／無用的東西。）
Góngmàaih dī mòuhwaih ge syutwah.　講埋啲無謂嘅説話。　（説一些沒意思的話。）

3.4　外來語

　　粵語中有不少的外來語，以音譯方式流行在話語之中。以下是香港常聽到的外來語。例如：

耶魯拼音	廣東話	普通話
bāsí	巴士	公共汽車
bējáu	啤酒	～
bìhbī	啤啤	嬰兒
bōsí	波士	老闆
dīksí	的士	出租車
dōsí	多士	烤麵包
fāailóu	快勞	檔案
fèihlóu	肥佬	不及格
fēilám	菲林	膠捲
fēisí	飛士	面子
fēksí	口士	傳真
gafē	咖啡	～
gittā	結他	～
hēnggēi	輕機	電腦死機
jáubā	酒吧	～
jīsí	芝士	乳酪

耶魯拼音	廣東話	普通話
jyūgūlīk	朱古力	巧克力
kāangtá	□□	櫃枱
kāat	咭 / 卡	名片 / 卡片
kūséun	咕順	靠背 / 抱枕
līp	軚	升降機
māi	咪	麥克風
màihléih	迷你	～
pāi	批	派 / 餅
pēpáai	啤牌	撲克牌
sēutsāam	恤衫	襯衣
sihdōbēléi	士多啤利	草莓
sōfá	梳化	沙發
tāai	呔	領帶 / 輪胎
tīpsí	貼士	小費 / 提示
wàihtāmihng	維他命	維生素

4 語音練習：綜合語音練習

4.1 廣東話中容易混淆的韻母

bān	奔	bāng	崩
Chàhn	陳	chàhng	層
dán	蕫	dáng	等
hàahn	閒	hàahng	行
màahn	蠻	màahng	盲
ngaahn	雁	ngaahng	硬
hóu dan	好抌	hóu dang	好凳

hóu láahn	好懶	hóu láahng	好冷
Jūngwàahn	中環	jūngwàahng	縱橫
sihk cháan	食鏟	sihk cháang	食橙
sing Dahn	姓燉	sing Dahng	姓鄧
sing Jān	姓珍	sing Jāng	姓曾
sing Maahn	姓萬	sing Maahng	姓孟
sīnsāan	仙山	sīnsāang	先生
yāt gān	一斤	yāt gāng	一羹
yáuh hahn	有恨	yáuh hahng	有幸

4.2 廣東話變調練習

有時變調會引致詞義的改變。

表示 "有一點兒……" 的意思。

chèuhngchéungdéi	長長哋	hùhnghúngdéi	紅紅哋
daaihdáaidéi	大大哋	ngohngódéi	餓餓哋
gwaigwáidéi	貴貴哋	pèhngpéngdéi	平平哋
hàhnhándéi	痕痕哋	wàhnwándéi	暈暈哋

表示 "很……" 的意思。

chéungchèuhng	長長	húnghùhng	紅紅
dáaidaaih	大大	péngpèhng	平平
gwáigwai	貴貴		

詞義或詞類的改變。

chaatngàh	刷牙	ngàhcháat	牙刷
gam chèuhng	咁長（那麼長）	gam chēungchēung	咁長長（那麼短）
gam daaih	咁大（那麼大）	gam dāaidāai	咁大大（那麼小）
tòhng	糖（調味品）	tóng	糖（零食）
yāt dihp	一碟	yāt go díp	一個碟
yātgo yàhn	一個人	yātgo yān	一個人（獨個兒）

5 短語及句子練習

5.1 yāthaih…, yāthaih… 一係……，一係……

有時這句型用來表示"只能在二者中選擇其中一項"，相當於普通話的"要麼……，要麼……"。

> Néih yāthaih yám chàh, yāthaih yám gafē.
> 你一係飲茶，一係飲咖啡。 （你要麼喝茶，要麼喝咖啡。）

有時這句型用來表示猜度，相當於普通話的"要不是……，就是……"。

> Kéuih yìhgā yāthaih hái hohkhaauh, yāthaih hái ngūkkéi, ngóh m̀haih taai chīngchó.
> 佢而家一係喺學校，一係喺屋企，我唔係太清楚。 （他現在要不是在學校，就是在家裏，我不太清楚。）

5.2 V fāan gau bún V 返夠本

"V 返夠本"相當於普通話的"V 個痛快"，所用的動詞通常是單音節的。

> sihkfāan gau bún 食返夠本 （吃個痛快）

> cheungfāan gau bún 唱返夠本 （唱個夠）

5.3 重疊式形容詞

AA 式

AA 重疊式形容詞的第一個音節通常會變調成陰上聲 (H.R.)，但陰平聲 (H.L.) 的形容詞不會變調。這種重疊形式有加強語氣的作用。

> Péngpèhng ngóh dōu m̀máaih.
> 平平我都唔買。 （多便宜我也不買。）

> Gāan ngūk sáisai, daahnhaih hóu hóujyuh.
> 間屋細細，但係好好住。　（房子很小，可是住得很舒服。）

> Dōdō dōu yiu.　多多都要。　（無論多少都要。）

有時甚至兩個音節都變調，就改變了形容詞本來的意思。

> Gāan fóng sāamsahp chek gam dāaidāai.　間房三十呎咁大大。　（屋子三十呎那麼小。）

☞　還有一種情況，是 AA 後有 "déi 哋"，第二音節變調成陰上聲（H.R.）。但陰平聲（H.L.）的形容詞不會變調。

耶魯拼音	廣東話	普通話
dīn dīndéi	癲癲哋	瘋瘋癲癲
jájádéi	渣渣哋	比較差
hùhnghúngdéi	紅紅哋	一點紅
jihngjíngdéi	靜靜哋	悄悄地 / 偷偷地
waahtwáatdéi	滑滑哋	有一點滑

ABB 式

這種重疊式形容詞也有加強語氣的作用，例子較多，跟普通話的情況一樣。

耶魯拼音	廣東話	普通話
baahksyūtsyūt / sàaihsàaih	白雪雪 / 晒晒	雪白雪白
chaubāngbāng	臭崩崩	臭烘烘
chēngbībī	青啤啤	青不嘰的
chúhngdahpdahp	重踏踏	沉甸甸
dungbīngbīng	凍冰冰	冷冰冰
fèihdyūtdyūt	肥嘟嘟	胖嘟嘟
hāakmāmā / māngmāng	黑麻麻 / 搖搖	黑洞洞 / 黑漆漆
hēngsāausāau	輕梢梢	輕飄飄
hēungpanpan	香噴噴	～
hùhngbōkbōk	紅卜卜	紅彤彤

耶魯拼音	廣東話	普通話
lèuhngjamjam	涼浸浸	涼颼颼
saumāangmāang	瘦搣搣	很瘦
sòhgāanggāang	傻更更	傻兮兮
wòhngkàhmkàhm	黃黔黔	黃黃的
yihtlaahtlaaht	熱辣辣	熱騰騰

AABB 式
這種重疊式形容詞也有兩個情況：

☞ AB 本身是一個雙音節的形容詞。

耶魯拼音	廣東話	普通話
faaifaaicheuicheui	快快趣趣	趕快
kàuhkàuhkèihkèih	求求其其	馬馬虎虎
leuhnleuhnjeuhnjeuhn	論論盡盡	笨手笨腳
sāpsāpseuiseui	濕濕碎碎	零零碎碎

☞ AB 是兩個單音節的形容詞。

耶魯拼音	廣東話	普通話
fèihfèihngáingái	肥肥矮矮	又胖又矮
gōugōudaaihdaaih	高高大大	又高又大

ABAC 式
這種重疊式的形容詞使説話生動活潑，但例子較少。

耶魯拼音	廣東話	普通話
chōusáu chōugeuk	粗手粗腳	笨手笨腳
mélìhngméching	歪零歪稱	歪歪斜斜 / 歪歪扭扭 / 東倒西歪
m̀sāam m̀sei	唔三唔四	不三不四
sāmdaaih sāmsai	心大心細	拿不定主意

ABCC 式

這種重疊式形容詞作用跟 ABAC 式一樣，例子也不多。

耶魯拼音	廣東話	普通話
ngáahnjái lūklūk	眼仔碌碌	形容（小童、動物等）眼睛有神、可愛、機靈
yàhntàuh yúngyúng	人頭湧湧	人很多

A 哩 AB 式 及 A 哩 BC 式

這種重疊式形容詞很少。

耶魯拼音	廣東話	普通話
fālīfālūk	花哩花綠	花里胡哨
sàhlīluhngchung	沙哩弄重	魯莽 / 草率 / 馬虎
wūlīdāandōu / wūlēidāandōu	烏哩單刀	一塌胡塗
wùhlīwùhtòuh	胡哩胡塗	胡裏胡塗

5.4 複合語氣助詞：ga ja 㗎咋、ga la 㗎喇、ga mē 㗎咩、gā ma 㗎嗎 及 ā làh 吖嗱

ga ja 㗎咋

"㗎咋"可說成"嘅咋"，強調"只有"的意思。

chyùhnkaau néih ga ja	全靠你㗎咋	（可全靠你的啊）
Ngóh sihk hóu síu ga ja.	我食好少㗎咋。	（我可是只吃很少的。）

ga la 㗎喇

"㗎喇"可與"嘅喇"通用，均是用來加強語氣。

Kéuih híu ga / ge la.	佢曉㗎 / 嘅喇。	（他曉得的了。）

ga mē 㗎咩

"㗎咩"可與"嘅咩"通用，表示疑問。

Haih néih ga / ge mē? 係你㗎 / 嘅咩？ （是你的嗎？）
Kéuih gam sēui ga / ge mē? 佢咁衰㗎 / 嘅咩？ （他是那麼壞的嗎？）

gā ma 㗎嗎

"㗎嗎"用於勸告或輕微程度的警告。

Néih yiu wahbéi kéuih tēng ji dāk gā ma! 你要話俾佢聽至得㗎嗎！ （你要告訴他才是啊！）
Kéuih haih bōsí làih gā ma! 佢係波士嚟㗎嗎！ （他是老闆來的啊！）

ā làh 吖嗱

"吖嗱"用來帶出提議或提出警告。

Ngóh tùhng néih syūdóu ā làh. 我同你輸賭吖嗱。 （我跟你打賭怎麼樣？）
Ngóh daai néih heui chāamgūn ā làh. 我帶你去參觀吖嗱。 （我帶你去參觀，好不好？）
Néih siháh dá ngóh ā làh. 你試吓打我吖嗱。 （你打我試試！）

6　情景説話練習

1. Néih chóh fóchē, daahnhaih hóu bīkyàhn, yùhnlòih gāmyaht páaumáh. Yūsih néih tùhng tùhng-hohk gónghán néih deui páaumáh ge táifaat / yigin.　你坐火車，但係好逼人，原來今日跑馬。於是你同同學講吓你對跑馬嘅睇法 / 意見。

2. Néih yáuh yātgo tùhnghēung, séung làih Hēunggóng wáan géiyaht, kéuih mahn néih Hēunggóng bīndouh hóuwáan, néih yìhgā góngbéi kéuih tēng lā.　你有一個同鄉，想嚟香港玩幾日，佢問你香港邊度好玩，你而家講俾佢聽啦。

3. Néih ge Hēunggóng tùhngfóng séung heui néih jyuh ge deihfōng wáan, néih yìhgā wahbéi kéuih jī yáuh bīndouh hóuwáan, bīndouh yātdihng yiu heui, tīnhei dím, gāautūng dím dáng dáng.

你嘅香港同房想去你住嘅地方玩，你而家話俾佢知有邊度好玩、邊度一定要去、天氣點、交通點等等。

4. Néih yìhgā fāandouheui néih jyuh ge deihfōng, néihge pàhngyáuh hóu séung jīdou Hēunggóng yàhn ge sāngwuht haih dím ge, chéng néih jauh néih só jī ge wahbéi kéuihdeih jī lā.   你而家返到去你住嘅地方，你嘅朋友好想知道香港人嘅生活係點嘅，請你就你所知嘅話俾佢哋知啦。

5. Néih yáuh yātgo pàhngyáuh làih Hēunggóng taam néih, kéuih hóu kèihgwaai dímgáai Hēunggóng yáuh gam dō yàuhhaak. Néih jauh wahbéi kéuih jī Hēunggóng yáuh mē dahkbiht ge deihfōng hóyíh kāpyáhn gam dō yàuhhaak làih.   你有一個朋友嚟香港探你，佢好奇怪點解香港有咁多遊客。你就話俾佢知香港有咩特別嘅地方可以吸引咁多遊客嚟。

語氣助詞索引

語氣助詞		用法	頁碼
ga mē	㗎咩	複合語氣助詞，可說成 "ge mē 嘅咩"，表示疑問。	137
gàh	㗎	"ge 嘅"和"àh 啊"的合音。說話的人知悉某事與自己的看法有異時，發出帶疑問的語氣，表示詫異或醒悟。	61
ge	嘅	對對方的說話表示認同或贊同；或對事情表示有信心，有把握。	59
ge ja	嘅咋	複合語氣助詞，見 "ga ja 㗎咋"。	136
ge la	嘅嘑	複合語氣助詞，見 "ga la 㗎嘑"。	136
ge mē	嘅咩	複合語氣助詞，可說成 "ga mē 㗎咩"，表示疑問。	137
gé	嘅	"ge 嘅"的變調。用法是以溫和語調表示對事情肯定；或認同對方的說話，帶有頓然領悟的意思。亦可用作非問句和特指問句，表示不可理解或不大相信，有時也帶責怪或驚訝的意思。	60
gwa	啩	表示懷疑，猜測，不十分肯定的語氣。	74
hái lā	喺啦	複合語氣助詞，見 "bá lā 罷啦"。	96
ja	咋	跟 "jē 啫"作用相若，但 "ja 咋"或帶有不滿意的意思。	41
jàh	咋	是 "jē 啫"或 "ja 咋"和 "àh 啊"的合音。用於疑問句，質疑或不滿對方所說的話。	41
jē	啫	相當於普遍話的"只是"、"才"、"只不過"、"罷了"，其作用表示事物程度低，數量少，或回應別人對你稱讚時的客套語氣。見 "ja 咋"。	40
jēmáh	啫嘛	複合語氣助詞，表示對事物的性質、程度、數量從低限給予修正，而且還帶有強調的語氣，與 "jīmáh 之嘛"相通。	96
je bo	啫噃	複合語氣助詞，表示只有的意思，略帶強調的語氣。	96
jīmáh	之嘛	複合語氣助詞，見 "jēmáh 啫嘛"。	96
lā	啦	表達請求或命令的語氣。	26

語氣助詞		用法	頁碼
lā ma	啦嗎	複合語氣助詞，表示再確認，及請對方重申，有強調語氣。	121
la	嘑	表達肯定的語氣，表示情況改變、出現新情況或詢問事態的進程。	26
la bo	嘑噃	複合語氣助詞，表示提醒或催促。	85
la gwa	嘑啩	複合語氣助詞，表達對情況改變的猜測。	108
la hó	嘑可	複合語氣助詞，用於求證情況的改變。	108
la mē	嘑咩	複合語氣助詞，表達對情況改變的疑問。	108
laak	嘞	表達肯定的語氣，表示情況改變、出現新情況或詢問事態的進程。	26
làih ga	嚟㗎	複合語氣助詞，有陳述語氣，帶強調及確認的意思，與 "làih ge 嚟嘅" 相通。	121
làih ge	嚟嘅	複合語氣助詞，見 "làih ga 嚟㗎"。	121
lō	囉	表示肯定的意思，語氣帶點不耐煩。另外，亦可用作解釋，強調一些明顯的事或答案。	74
lo	囉	表示情況改變或出現新情況外，還可表示其他語氣。	26
lo bo	囉噃	複合語氣助詞，表示提醒或催促。	85
lok	咯	表達肯定的語氣，表示情況改變、出現新情況或詢問事態的進程。	26
mē	咩	疑問語氣詞。用於非問句，回應對方的説話，或得悉某事後表示驚訝或帶疑問的語氣。	61
mè	咩	"mē 咩" 的變調。有時候為了表示不同意或反駁，指出對方的不對，有教訓的語氣，把"mē 咩"變成高降調。	62
tīm	添	表示添加的意思。有時跟副詞 "再" 一起用，加強語氣；或因事前不知或判斷錯誤而表示輕微的懊惱或責備。	41
wo	喎	用於陳述句，表示提醒，商量或醒悟，與 "bo 噃" 相通，但語氣較輕。	25

詞語索引

課	號	耶魯拼音	廣東話	普通話	English
5	29	bātnāu dōu	不嬲都	一直都	always (habit)
3	24	béi	俾	給	give
4	22	béi pàhsáu pàhjó	俾扒手扒咗	被小偷偷了	stolen by a pickpocket
1	28	béi sāmgēi	俾心機	用心	put effort to
3	8	béichín	俾錢	付錢	pay
4	20	bīk	逼	擁擠	crowded, packed
10	20	bīkgihp	逼狹	擠逼	overcrowded, congested
2	7.1	bīndouh	邊度	哪裏	where
5	23	bīndouh haih a	邊度係呀	哪裏哪裏	not really (being humble)
9	29	bīndouh wúih…ā?!	邊度會……吖？！	哪會……呀？！	how would…?!
9	35	bīnglīng bāanglāang	乒令嘭冷	丁零噹啷	sound of glass breaking
2	29	bo	噃	吧	Oh!(used to tone down the abruptness of a suggestion, a sudden realization, expectation, agreement)
7	26	bok	搏	賣力	very hard working
7	14	bōsí / lóuhsai	波士 / 老細	老闆	boss
4	23	cháam	慘	可憐 / 糟糕	too bad, tragic, poor you
9	18	chèuhnghei	長氣	囉唆	long-winded
2	28	chèuihjó…jīngoih	除咗……之外	除了……以外	besides…, except
5	19	cheung kēi	唱 K	唱卡拉 OK	go to karaoke
3	29	chēutgāai	出街	出外 / 上街	go out
10	10	chēutlèuhng	出糧	拿 / 發工資	pay or receive salary
1	16	chēutsai	出世	出生	be born
6	14	chìh géi yaht	遲幾日	過幾天	a few days later
9	7	chīnkèih	千祈	千萬	should, be sure to

課	號	耶魯拼音	廣東話	普通話	English
2	24.1	chóh	坐	坐	take (vehicle)
4	19	chòuh	嘈	吵	noisy
8	15	dá hātchī	打乞嗤	打噴嚏	sneeze
4	6	daahnhaih	但係	可是	but
4	33	daaifāanheui	帶返去	帶回去	bring back
6	29	daaihlāu	大樓	大衣	overcoat
8	1	daaihpàaih dong	大牌檔	大排檔	food stall
2	24	daap	搭	乘	take (vehicle)
5	13	dábō	打波	打球	play ball games
7	27.1	dágāau	打交	打架	fight
5	7	dágēi	打機	玩電子遊戲機	play video games
3	28	dái	抵	便宜／值得	good bargain, worth it
7	19	dāk	得	只有	only got
3	9	dāk m̀dāk a?	得唔得呀？	可不可以呀？／行嗎？	would it be okay
6	23	dākjaih	得滯	太	too
4	27	dākyi	得意	可愛／有趣	cute, interesting
1	11	dáng	等	讓	let
3	11.1	dáng ngóh táiháh	等我睇吓	讓我看看／讓我看一下	let me see, let me take a look
10	22	dauhfuhyéun gam dāaidāai	豆腐膶咁大大	豆腐乾那麼小	as small as a cube of bean curd
2	1	dī	啲	（一）點／（一）些	a little bit, some
5	3	dihng (haih)	定（係）	還是	or
8	7	dím fan dōu fan m̀jeuhk	點瞓都瞓唔着	怎麼睡也睡不着	no matter how one tries, one cannot fall asleep

課	號	耶魯拼音	廣東話	普通話	English
4	7	dím heui	點去	怎樣去	how to get there
4	40	dímgáai	點解	為甚麼	why
6	26	díngm̀seuhn	頂唔順	受不了	can't bear, can't stand
10	36	díngdākjyuh	頂得住	撐得住	can keep on
10	17	dohkháh	踱吓	走走／逛逛	walk around
2	21	dōsou	多數	多是	probably, majority
3	30	dóu	度	大概	roughly
6	4	dōu géi	都幾	頗	quite
1	7.1	dōuhaih	都係	也是，都是	also, too
2	7	douh	度	地方：這（那）裏／這（那）兒	place
1	7	dōu	都	也，都	also, too, all
9	33	dóusé	倒瀉	弄灑／灑	spill
4	12	dousìh gin	到時見	到時候見	see you then
4	18	dōyàhn	多人	人很多	a lot of people
3	35	dung	凍	冷	cold
6	7	dyún fu	短褲	短褲	shorts
5	1	fāanhohk	返學	上學	go to school
9	23	faisih	費事	省得／懶得	in order to avoid…／waste of time
3	26	fān làih sihk	分嚟食	分着吃	share the food
6	37	fangaau	瞓覺	睡覺	sleep
8	6	fanlohk chòhng	瞓落牀	躺在牀上	lie down on bed
5	30	fēi	飛	票	ticket
7	20	fēiyùhng	菲傭	菲律賓傭工	Filipino domestic helper
6	36	fóng	房	房間／屋子	room
7	17.1	fonggūng	放工	下班	off work

課	號	耶魯拼音	廣東話	普通話	English
9	21	fōngséi	慌死	唯恐	lest that
4	29	ga	㗎		fusion of 'ge' and 'a'
10	23	ga ja	㗎咋	只是……罷了	double sentence final particles meaning "only" or "that's all"
5	16	ga la	㗎嘑	的了	sentence final particle used to indicate certainty
10	12	ga la	㗎嘑	的了	double sentence final particles used for showing emphasis
10	35	gā ma	㗎嗎	的啊	double sentence final particles used for reassuring something or giving soft warning
10	30	ga mē	㗎咩	的麼	double sentence final particles expressing surprise or doubt
2	16	ga?	㗎？	的？	fusion of 'ge' and 'a'
3	12	gáan	揀	選擇／挑	choose, pick
8	5	gáau m̀dihm	搞唔掂	弄不好	cannot handle
8	29	gáaudou	搞到	弄到	make, result in
5	27	gáausiu	搞笑	好笑的，令人發笑	funny, hilarious, make a joke
4	30	gàh	㗎		fusion of 'ge' and 'àh '
10	15	gahmchín / gahmgēi	撳錢／撳機	在銀行自動櫃員機提款	withdraw money from ATM (automatic teller machine)
6	2.2	gahnpàaih	近排	最近	recently
7	9	gājē	家姐	姐姐	elder sister
2	3	gam	咁	那麼	so
4	8	gám	噉	那麼	then, well, in this case
6	20	gām chi	今次	這一次	this time
4	41	gám lā	噉啦	那就這樣吧	well, then
5	12	gam ngāam	咁啱	這樣巧	what a coincidence

課	號	耶魯拼音	廣東話	普通話	English
5	32	gám yauh haih wo	噉又係喎	那也是	I see, you're right
1	1.1	gāmyaht	今日	今天	today
2	13	~ gán	～緊	正在	a verb suffix indicating continuous action
3	10	gánghaih dāk lā	梗係得啦	當然可以啦 / 肯定行	of course it's okay
10	34	gānjyuh	跟住	接着	and then
3	25	gauh	嚿	塊	a (thick) piece of
1	17	ge	嘅	的	structural final particle, linking and modifying, N ge N, Adj ge, …ge
4	35	ge	嘅	的	modifying particle, sentence final particle for information one is sure about
4	34	gé	嘅		sentence final particle expressing comment, fusion of 'ge' and 'mē'
2	9	géi	幾	頗	not quite, not very
4	38	géidō chín	幾多錢	多少錢	how much
6	16	geijyuh	記住	記着 / 記住	remember, be sure to
1	25	géinoih / géinói	幾耐	多久	how long
4	2	géisìh	幾時	甚麼時候	when
6	32	génggān	頸巾	圍巾	scarf
1	19.1	gó	嗰	那	that
1	14	gogo	個個	每（一）個人	everybody
2	23	gójahn (sìh) / gójahn (sí)	嗰陣（時）	的時候 / 那時候	at that time, while
7	32	góngfāan	講返	説回	back to the topic
7	29	gónggónghá	講講吓	説着説着	by the way
3	32	gónghéiséuhnglàih	講起上嚟	説起來	by the way

課	號	耶魯拼音	廣東話	普通話	English
5	21	gónghōi yauh góng	講開又講	說起來	by the way
6	2.3	gópàaih	嗰排	那段時間	at that time
2	2	guih	癐	累	tired
2	2.1	guihgúidéi	癐癐哋	有一點累	a little bit tired
4	25	gūngjái	公仔	娃娃 / 毛絨玩具	doll
5	8	gwa	啩	吧	sentence final particle expressing uncertainty or meaning "…I'm not sure"
8	9	gwahouh	掛號	掛號	register
7	18	gwái (séi) gam Adj.	鬼（死）咁 Adj.	怪 Adj. 的	so Adj.
10	19	gwáigwai	貴貴	無論多貴	no matter how expensive
10	19.1	gwaiyātgwai	貴一貴	無論多貴	no matter how expensive
3	33	gwajyuh	掛住	想念	miss or thinking of someone
3	33.2	gwajyuh ngūkkéi	掛住屋企	想家	miss home
3	33.1	gwajyuh…	掛住……	整天想着 / 老想着 / 光顧着	preoccupied in doing something
9	30	gwán yiht laaht	滾熱辣	熱騰騰 / 很燙	boiling hot
7	8	gwojó sān	過咗身	去世了	passed away
2	27	hàahng	行	走	walk
2	27.1	hàahnggāai	行街	逛街	do window shopping
2	27.2	hàahnglouh	行路	走路	walk (on the road)
2	27.3	hàahngsāan	行山	爬山	hiking
5	31	hāanchín	慳錢	省錢	save money
2	25	haauhbā	校巴	校車	school bus

課	號	耶魯拼音	廣東話	普通話	English
2	4	háh	吓	一下	for a while
2	20	hahjau	下晝	下午	afternoon
3	15	hahmbaahnglaahng	冚唪呤	總共 / 一共 / 所有 / 全部	altogether, all together
1	15	hái	喺	在，從	be located at, in, on or from
1	2	haih	係	是	to be, yes
4	11	haih gám wah lā	係噉話啦	就這樣吧	alright then, let's settle at this, let's leave it like this
4	31	haih mē?	係咩？	是嗎？ / 真的？	really?
5	25	haih nē	係呢	那 / 噢，對了	by the way
9	13	hāk mīmāng	黑瞇掹	黑乎乎	black in color
7	25	héiláu	起樓	蓋樓房	build houses
4	4	heui Gáulùhngtòhng	去九龍塘	到九龍塘去	go to Kowloon Tong
2	40	heui (sihk) "tī"	去（食）"tea"	去喝下午茶	have afternoon tea
10	8	hēuihahm	墟冚	人山人海 / 鬧哄哄	crowded and busy
8	17	hing	燸	熱	hot, angry
4	28	hīng	興	流行	popular, trendy
9	6.1	hōi yehchē	開夜車	開夜車	overnight
9	6	hōiyé	開夜	開夜車	overnight
2	10	hóu	好	很，十分	very
7	18.1	hóu gwái (séi) Adj.	好鬼（死）Adj.	蠻 Adj.	very Adj.
2	30	hóuchíh	好似	好像	such as, resemble
5	9	hóuchíh	好似	好像	look like

課	號	耶魯拼音	廣東話	普通話	English
4	14.1	hóuchói	好彩	幸虧	luckily, lucky
8	31	hóufāan	好返	痊癒	recover
4	14	hóujoih	好在	幸虧	luckily
3	1.2	hóusihk	好食	好吃	delicious
9	12	hùhng dōngdohng	紅當蕩	紅彤彤	very red
4	26	hùhngjái	熊仔	小熊	teddy
3	16	ja	咋		sentence final particle meaning 'only'
5	15	já	渣	差勁	bad, poor
3	5	jāai	齋	素	vegeterian food or dishes
9	26	jáan	盞	真是，還不是，簡直	it will only result to …, really, simply
3	18	jāang	爭	欠	owe
6	12	jāangdī	爭啲	差點兒	almost, nearly
3	16.1	jàh?	咋？		fusion of 'ja' and 'àh'
10	29	jājyuh	揸住	拿着	hold
2	15	jānhaih	真係	真是	really
9	16	jāpsyū	執輸	因錯過而吃虧	miss out (some great opportunity)
5	6	jāpyéh	執嘢	收拾東西	clean up, tidy up
3	7	jauh dāk la	就得㗎	就行了 /快了	be fine, soon will be okay
7	22	jauh/ji jān	就 / 至真	才是（實情）	and that's the truth
8	16	jāusān	周身	全身	all over (the body)
3	14	jē	啫		sentence final particle meaning 'only'
6	11	jē	遮	雨傘	umbrella
6	5	jeuk	着	穿	wear

課	號	耶魯拼音	廣東話	普通話	English
6	27	jēung	將	把	co-verb used to raise the object to the front of the verb
6	28	jēunléhng	樽領	高領	turtle-neck, high-neck
8	28	jēutjī	卒之	終於	finally
2	36	ji dāk	至得	那樣才可以	before it is OK
4	10	jīhauh	之後	以後	afterwards
10	32	jihng (haih) dāk	淨（係）得	只有	only got
10	31	jihnghaih	淨係	只是	only
6	34	jīk	織	編織／打	knit
7	2	jīmáh	之嘛	（不過）……罷了／而已	sentence final particles meaning 'only'
7	30	jíng	整	弄／修理	make, do, repair
7	28	jíngjínghá	整整吓	慢慢地／漸漸地	gradually
2	8	jó	咗	了	verb suffix, indicating completion of an action
8	25	johngdóu	撞倒	遇到	bump into
6	35	jóu tòhng	早堂	早課	early class
7	23	jouh m̀dóu	做唔倒	做不來	cannot do
10	7	jouh māt (yéh)	做乜（嘢）	為甚麼	why, how come
10	7.1	jouh mē (yéh)	做咩（嘢）	怎麼這麼	
7	13	jouhyéh	做嘢	做事／工作	work
6	38	jóutáu	早唞	晚安	good night
2	14	juhngyáuh	仲有	還有	even more, still more
6	24	juhng…tīm	仲……添	還／更……呢	and also, even more
7	1	juhnghaih	仲係	還是	still
3	13	jūngyi	鍾意	喜歡	like, be fond of

課	號	耶魯拼音	廣東話	普通話	English
3	34.1	jyú faahn	煮飯	做飯	cook a meal
3	34	jyú sung	煮餸	做菜	prepare dishes
6	15	jyún lèuhng	轉涼	轉冷	get colder
2	22	jyun tòhng	轉堂	換課室	change class
10	11	kāangtá		櫃枱	a loan word for "counter"
9	20	kàhmchēng	擒青	急	hurry, hasty
8	18	kāt	咳	咳嗽	cough
1	4.2	kéuih	佢	他、她、它	he, she, it
1	4.5	kéuihdeih	佢哋	他們	they
2	5	kīnggái	傾偈	聊天	chat
5	2	kīnghéi	傾起	談起來	talk about
1	12	la	嘑 / 喇		sentence final particles indicating changed status
2	12	lā	啦	吧	a sentence final indicating mild commands, requests, suggestions or final agreements
6	3	la bo	嘑噃	了吧	sentence final particles used to mean "as far as I know" or for a soft warning
8	34	la gwa	嘑啩	（語氣助詞）	sentence final particle expressing uncertainty
8	32	la hó	嘑可	（語氣助詞）	sentence final particle used for seeking verification
9	10	lā ma	啦嗎		sentence final particle showing emphasis and reconfirmation
6	31	laahm	攬	圍	wear
8	11	láahngchān	冷親	着涼	catch a cold
1	12.1	laak	嘞		

課	號	耶魯拼音	廣東話	普通話	English
6	18	lāangsāam	冷衫	毛衣	sweater
4	9	làih sūkse	嚟宿舍	到宿舍來	come to the dormitory
8	13	làuh beihséui	流鼻水	流鼻涕	have a running nose
7	21	léih	理	管 / 照顧	take care, care
5	22	lēk	叻	棒	be good at
3	23	leng	靚	漂亮 / 好	pretty, nice
10	6	ló	攞	拿	get, take
5	11	lō	囉		sentence final particle used for showing slight impatience
2	26	lohkchē	落車	下車	get off from the car
6	8	lohkyúh	落雨	下雨	rain
1	12.2	lok	咯		
7	15	lóuhdauh	老豆	爸爸	dad
3	27	m̀ jí…, juhng…tīm	唔只……，仲……添	不只……，還……	not only…, but also…
1	13.1	m̀ (*LF tone)	唔	不	not
2	33	m̀dākhàahn	唔得閒	沒時間	not free, busy
3	21	m̀gányiu	唔緊要	不要緊 / 沒關係	never mind
6	10	m̀geidāk	唔記得	忘了	forget
3	4	m̀gōi	唔該	謝謝	thank you
3	4.1	m̀gōisaai	唔該晒	太感謝了	thank you very much
10	26	m̀gwaaidāk…lā	唔怪得……啦	怪不得 / 難怪	no wonder
2	9.1	m̀haih géi	唔係幾	不（是）那麼	not quite, not very
2	34	m̀haih…jauhhaih…	唔係……就係……	不是……就是……	either…or…

課	號	耶魯拼音	廣東話	普通話	English
2	10.1	m̀hóu	唔好	不要	don't
10	3	m̀ngāam	唔啱	何不 / 不如	why not, how about
1	26	m̀sái	唔使	不用	no need to
7	16	m̀sái fōng	唔使慌	別指望	don't expect that
1	13	m̀sīk	唔識	不懂	don't know how to
8	22	m̀tóh	唔妥	不對勁兒（身體）	not feeling well
8	14	máahng	猛	不停的	intensively and continuously
10	18	mahtjātjāt	密質質	密密麻麻	dense, very close together
9	24	maih	咪	不就	isn't it
6	21	máih	咪	別 / 不要	don't
7	12	maih... lō	咪……囉	不是……嗎 / 那就……啦	..., isn't it? / ..., then just ...
10	16	máihpóu	米舖	賣米的舖子	rice shop
6	33	māmìh	媽咪	媽媽	mommy
3	19	mān	蚊	塊 / 塊錢 / 元	dollar
9	8	māt	乜	為甚麼	why
5	26	māt dōu dāk	乜都得	甚麼都行	anything goes
1	23	māt (yéh)	乜（嘢）	甚麼	what
4	39	mātyéh wá?	乜嘢話？	甚麼？/ 你說甚麼呀？	pardon! what did you say?
10	28	māuháidouh	踎喺度	蹲在那裏	crouch
1	23.1	mē (yéh)	咩（嘢）	甚麼	what
2	35	meih	未	還沒有	not yet
6	30	mìhnnaahp	棉衲	棉襖	cotton-quilted jacket
9	17	mohng	望	看	look

課	號	耶魯拼音	廣東話	普通話	English
9	17.1	mohnglohklàih	望落嚟	往下看	look downward
2	37	móuh	冇	沒有	don't have, did not
6	25	móuh cho	冇錯	沒錯	that's right
5	4	móuh sówaih	冇所謂	無所謂，隨便	anything is fine; doesn't matter
10	14	mòuhwaih	無謂	不必 / 沒必要	not necessary
7	27	naauhgāau / ngaaigāau	鬧交 / 嗌交	吵架	quarrel
5	17	nàh	嗱	瞧	oh, hey
6	19	nám	諗	想	think
6	19.1	námjyuh	諗住	打算	intend to, plan to
1	4.1	néih	你	你	you (singular)
4	32	néih wah…	你話……	你説……	do you think…
1	4.4	néihdeih	你哋	你們	you (plural)
4	36	ngāam	啱	對 / 合適	right, suitable
4	36.1	ngāamngāam	啱啱	剛剛 / 剛才	just
2	18	ngaan	晏	晚	late (in the day time)
4	21	ngàhnbāau	銀包	錢包	wallet
8	4	ngáu	嘔	吐	vomit
8	3	ngō	痾	拉肚子	diarrhea
1	4	ngóh	我	我	I
1	4.3	ngóhdeih	我哋	我們	we
2	38	ngohngohdéi / ngohngódéi	餓餓哋	有（一）點餓	a little bit hungry
1	18	ngūkkéiyàhn	屋企人	家人	family (members)
1	19	nī	呢	這	this
6	2.1	nīpàaih	呢排	最近	recently

課	號	耶魯拼音	廣東話	普通話	English
10	13.1	nīk / līk	搦	拿 / 帶	hold
10	13	nīng / līng	拎	拿 / 帶	bring along
7	11	pàaih	排	排行	telling the order of birth among one's siblings
10	25	páaumáh	跑馬	賽馬	horse racing
4	3	pèhng	平	便宜	cheap
2	17	pìhngsìh	平時	平常	usually, ordinarily
9	4	pouhfēi / bouhfēi	普飛	自助餐	buffet
10	16.1	poutáu	舖頭	舖子 / 店舖	shop
2	32	-saai	晒	完，光	a verb suffix which indicates "all, completely"
9	27	sāaihei	嘥氣	白費工夫	waste of effort
3	20	sáanjí	散紙	零錢	small change
1	27	saht	實	一定	sure, certainly
1	26.1	sái m̀sái	使唔使	用不用	necessary or not
9	19	sái māt	使乜	哪（兒）用，用不着	no need
8	19	sāileih	犀利	厲害	powerful, marvelous
7	10	sailóu	細佬	弟弟	younger brother
7	17	sāudāk gūng	收得工	可以下班	can finish work
8	12	sāumēi	收尾	後來 / 最後	later, and then, eventually
7	31	sáusai	手勢	手藝	skill
4	17	sáuseun	手信	禮物 / 紀念品	souvenir
4	16	sédāi	寫低	寫下（來）	write down
7	3	sèhng M	成 M	整 M	whole
9	2	sei (jāu) wàih	四（周）圍	到處	surrounding, everywhere, around

課	號	耶魯拼音	廣東話	普通話	English
7	4	sek	錫	疼／吻	love, kiss
2	19	seuhngjau	上晝	上午	morning (forenoon)
1	6	séuhngtòhng	上堂	上課	go to class, class begin
8	21	séung m̀…dōu m̀dāk	想唔……都唔得	想不……也不成	cannot help but
6	1	sīhīng	師兄	師兄	senior schoolmate (male)
3	1	sihk	食	吃	eat
3	1.1	sihk ngaan (jau)	食晏（晝）	吃午飯	have lunch
9	22	sihtdái	蝕抵	吃虧	be taken advantage of
10	5	síng (muhk)	醒（目）	聰明	smart
4	37	sīnji	先至	才	not until
1	5	sīnsāang	先生	老師，先生，丈夫	Mr., teacher, husband
8	2	sīuyé	宵夜	（吃）夜宵	midnight snack
2	31	sóu	數	算	count
9	25	syút yātsēng	嘭一聲	嗖（颼）的一聲	move quickly
9	15	syutgōu	雪糕	冰淇淋	ice-cream
6	22	tāamleng	貪靚	愛美	love to be pretty
8	10	taamyiht	探熱	量體溫	take temperature
10	37	taan	歎	享受	enjoy, relax
3	11	tái	睇	看	see
8	8	tái yīsāng	睇醫生	看病	see a doctor
5	20	táihei	睇戲	看電影	see movie
7	24	táijyuh	睇住	看着／照顧／當心	take care of, look after, keep an eye on, watch out

課	號	耶魯拼音	廣東話	普通話	English
4	36.2	táingāam	睇啱	看中	found the right one
8	33	táu	唞	休息	rest
1	22	tēngginwah	聽見話	聽說	heard somebody said
1	22.1	tēnggóngwah	聽講話	聽說	heard somebody said
3	31	tīm	添		sentence final particle emphasizing 'more'
6	6	tīsēut	T恤	T恤（衫）	T-shirt
8	30	tō	拖	拖（延）	defer, drag
9	31	tòhngséui	糖水	甜湯	sweet soup
2	38.2	tóuh	肚	肚子	belly, abdomen, bowels
2	38.1	tóuhngoh	肚餓	肚子餓	hungry
1	3	tùhng	同	幫、跟、和	for, with, and
2	6	tùhngfóng	同房	同屋	roommate
9	6.2	tūngdéng	通頂	通宵	overnight
5	14	V dāk Adj.	V得Adj.	V的/得Adj.	manner of action: V Adj.+ly
10	38	V fāan gau bún	V返夠本	V個痛快	have a good time
5	28	V fāan (háh)	V返（吓）	表示把握機會	verb suffix(es) meaning "take the time/opportunity to V"
3	2	V sīn	V先	先V	V first
8	22.1	V tóh	V妥	妥當	good, well
6	13	wah	話	說	say
9	34	wah háu meih yùhn	話口未完	話音未落	immediately after (lit. speaking has not yet finished)
5	24	waihjó	為咗	為了	because, for the purpose of
9	28	waihsihk	為食	饞嘴	gourmand
7	5	wàihyáuh …hái lā / bá lā	唯有……喺啦/罷啦	只有/只能/只好……吧	the only thing one can do is…

課	號	耶魯拼音	廣東話	普通話	English
4	1	wán bīn wái a?	搵邊位呀？	找誰呀？	who are you looking for?
3	3	wán wái	搵位	找位子	find a seat
3	36	wán yaht	搵日	改天	find a day
4	5	wānjaahp	溫習	複習	study, revise
4	24	wánjahn	穩陣	保險 / 安全	secure
5	10	wihngchìh	泳池	游泳池	swimming pool
2	11	wo	喎		be used to emphasize
4	13	wohng	旺	熱鬧 / 興旺	busy, popular, prosperous,
8	24	wūjōu	污糟	骯髒	dirty
9	11	yahm…m̀nāu	任……唔嬲	隨（你）……都可以	…as you like, as you please
10	27	yàhntàuh yúngyúng	人頭湧湧	人很多	crowded
1	14.1	yàhnyàhn	人人	每（一）個人	everyone
8	27	yahp	入	進	enter
1	1	yaht	日	天	day
3	6	yám	飲	喝	drink
6	17	yānjyuh	因住	當心 / 提防	beware of
2	39	yātchàih	一齊	一起	together
10	21	yātgā géi háu	一家幾口	一家數口	a family of several
10	1	yāthaih…, yāthaih…	一係……，一係……	要麼……，要麼……	either… or …
3	17	yātjahn (gāan)	一陣（間）	一會兒	a while, a moment later
4	15	yātjóu	一早	早就 / 一大早	do it beforehand, very early
10	24	yātlouh	一路	一直	go straight ahead
6	2	yātpàaih	一排	一段時間	for some time
6	9	yātsìh	一時	一下子	It happens that…

課	號	耶魯拼音	廣東話	普通話	English
6	9.1	yātsìh…, yātsìh…	一時……， 一時……	有時候……， 有時候……	sometimes
3	22	yáuh dāk jáau	有得找	找得開	can give back the change
5	5	…yauh dāk…, yauh dāk	……又得， ……又得	可以……， 也可以……	… can do, … can do
9	5	yáuhchàih	有齊	全都有	have all
9	5.1	yáuhchàihsaai	有齊晒	全都有	have all
8	20	yéh	惹	傳染	infect
9	1	yeukmàaih	約埋	約上	invite someone to join in
1	8	yìhgā	而家	現在	now, at this time
1	24	yihhohk	易學	容易學	easy to learn
10	4	yíngjān	認真	真的非常	really very
9	3	yīngsìhng	應承	答應	agree, promise
5	18	yuhmàaih ngóh	預埋我	算上我	count me in
8	23	yúhn	軟	酸軟	soar (muscle), weak
9	14	yùhsāang	魚生	生魚片	raw fish (sashimi)
10	9.1	yuhtméih	月尾	月底	end of a month
10	9	yuhttàuh	月頭	月初	beginning of a month
8	35	yūkháh…dōu m̀díng / dihng	郁吓……都 唔定	説不定 會……	would easily

參 考 文 獻

袁家驊等　1989《漢方言概要》，文字改革出版社，北京。

陸鏡光　1998《粵語中"得"字的用法》，《方言》1999：3，中國社會科學出版社，北京 。

曾子凡　1995《廣州話、普通話語詞對比研究》，香港普通話研習社，香港。

曾子凡編　1994《廣州話、普通話的對比與教學》，三聯出版社，香港。

曾子凡編，黎倩健英譯　1999《廣州話、普通話口語對譯手冊》，三聯出版社，香港。

劉銘　1984《國語》第一冊，香港中文大學中國語文研習所，香港。

歐陽覺亞、饒秉才、周無忌編　1996《廣州話方言詞典》，商務印書館，香港。

歐陽覺亞　1993《普通話廣州話的比較與學習》，中國社會科學出版社，北京。

鄭定歐、張勵妍、高石英編　1999《粵語"香港話"教程》，三聯出版社，香港。

鄭定歐、蔡建華主編　1992《廣州話研究與教學（第一輯）》，中山大學出版社，廣州。

鄭定歐、蔡建華主編　1994《廣州話研究與教學（第二輯）》，中山大學出版社，廣州。

鄭定歐、蔡建華主編　1998《廣州話研究與教學（第三輯）》，中山大學出版社，廣州。

鄭定歐主編，張維耿、何子銓、陳主如副主編　1993《今日粵語》上、下冊，暨南大學出版社，廣州。

關傑才　1990《英譯廣東口語詞典》，商務印書館，香港。

2000, *Cantonese – A Communicative Approach (Book One)*, Chinese Language Centre, The Chinese University of Hong Kong, Hong Kong.

2001, *Cantonese – A Communicative Approach (Book Two)*, Chinese Language Centre, The Chinese University of Hong Kong, Hong Kong.

2002, *Cantonese – A Communicative Approach (Book Three)*, Chinese Language Centre, The Chinese University of Hong Kong, Hong Kong.

Bauer, Robert S., Benedict Paul K. 1997, *Trends in Linguistics – Modern Cantonese Phonology*, Mouton de Gruyter, New York, U. S. A.

Chik, Hon Man 1982, *Everyday Cantonese*, The Chinese University of Hong Kong, Hong Kong.

Huang, Parker Po-Fei 1995, *Speak Cantonese (Book One, Two, Three)*, Chinese Language Centre, The Chinese University of Hong Kong, Hong Kong.

Lee, Yin-Ping Cream 1988, *A Short Cut to Cantonese*, Green wood Press, Hong Kong.

Matthews, Stephen & Yip Virginia 1994, *Cantonese – A Comprehensive Grammar*, Routledge, London, UK.

Tong, Keith S. T. & Gregory James 1994, *Colloquial Cantonese – A Complete Language Course*, Routledge, London, UK.